U0003838

mark

這個系列標記的是一些人、一些事件與活動。

Mark 105

良露家之味

作者：韓良露
責任編輯：李濰美
封面畫作：吳冠德
封面設計：顏一立
圖片提供：少少、邱勝旺、吳繼文、秋惠文庫、
翁翁、梁旅珠、陳沛元、黃子明、
路寒袖、楊燁、劉伯樂、鐘永和
文字校對：趙曼如、李昧、韓良露
特別協力：網路基因資訊股份有限公司
法律顧問：董安丹律師、顧慕堯律師
出版者：大塊文化出版股份有限公司
台北市南京東路四段二十五號十一樓
www.locuspublishing.com
讀者服務專線：〇八〇〇—〇〇六六八九
電話：〇二—八七一二三八九八
傳真：〇二—八七一二三八九七

郵撥帳號：一八九五五六七五
戶名：大塊文化出版股份有限公司
總經銷：大和書報圖書股份有限公司
新北市新莊區五工五路二號
電話：〇二—八九九〇二五八八
傳真：〇二—二二九〇一六五八
初版一刷：二〇一四年十月三十一日
初版八刷：二〇二〇年四月
定價：新台幣三二〇元
國際標準書號：978-986-213-562-4

Printed in Taiwan

良露家之味

韓良露——著

傷逝之味

天下沒有不散的筵席，父母過世之後，我一直有著強烈的感懷，覺得從童年以來父母提供的豐富的家筵結束了，雖然曲終人散，只留下餘音繞耳，如今彷彿有著一桌隱形的家筵陪伴著我日常生活的餐桌，父母、阿嬤隱約列席在我身旁，我總想起各種食物和他們的關聯⋯⋯

豐盛之味

我的童年有如一場永不停止的盛宴，帶給我人生中諸多美好的回憶與愛的能量，我感謝這些豐盛之味的教導，讓我因心滿意足而努力做個對自己好也對別人好的人。美味絕不只是口腹之慾，真正的美味是帶給人類幸福的寶藏。

永恆之味

食物能觸動我回憶某些情境和某些人某些事，有如永恆的召喚，把我帶入思念的情緒中。父親、母親、阿嬤以及許許多多在我人生旅途中與我分享過味覺體會的人們，在他們離去後，反而更能與我有味一同，他們的味魂牽動我的思緒，豐富了我平凡的日常生活飲食。

在世界的家中作客

楊澤

a.

這是一本有關家人與食物的哀悼及懷舊之書，也是韓良露大半輩子天涯尋味之後的回味之書。

古人愛說「不老不到」，也許真的是年齡——父親母親及阿嬤（外婆）先後走了，她已成了台灣人所謂「頂緣」——這堪稱是良露飲食寫作最具體而微的一次總結。

不同於過往，那份伴隨美食而來的歡樂感，多少變得內斂，文章顯得緩慢抒情許多，也因父親暮年病痛纏身，韓良露寫下了她生平少見的哀婉文字（見首輯「傷逝之味」）。但誠如西諺所云：Every cloud has a silver lining（每朵雲自有其銀色鑲邊），她就是有本事，把縈繞心頭不去的那份懷念悼念提升成，她向來以情味為主，一直持續在發展中的，「良露食經」新境界。

我從小羨慕，那種人事物，親情友情愛情，大小細節記得一清二楚的人。這回良露一口氣把自己的家庭傳奇和盤托出，說出那麼多性靈深處重要秘密，那麼多家庭傳奇和自我傳奇的內外綴褶，任何人看了不免動容。既是老友，除了高興可以較完整地讀到，她稱得上多采多姿的家庭出身——她身上赫然是一部戰後台灣本省外省飲食史縮影——感動之餘，尤有不少深刻啟發。

良露一向以熱愛旅行，擁抱異國美食與文化著稱，勇於嘗試，無懼於表達自己的個性主張態度，表情豐富，輔以鮮明慣用手勢，往往給人手舞足蹈之感。閱讀韓良露文字，不可能不被文字底下，率性而坦然的坦誠（透明性，transparency）所觸動，說服。她的文字樸實無華，不走細膩派或繁複派路綫（或任何文壇常見流派風格），和日常口語不隔，讀其文如見其人，聽她娓娓道來，宛如側耳在聽一個永無止境的故事。

但這回她換了心境和調子，從容挖出傳家寶來貢獻給讀者，一種更蒼勁成熟的情味與美業已誕生。

b.

這是一本有關家人與食物的小型回憶錄，良露寫到，提及的食物不勝枚舉，但食物和家人並不佔有相同的比重份量，食物圍繞家人而生，食物的生命和意義乃是家人賦予的。

韓良露和妹妹良憶老早即在江湖上闖出旅行兼飲食作家的名號。但我們不知道的是，她們其實家學淵源，只是姊姊良露，作為領頭羊，生來就多了一份領袖氣質，和，我不得不這樣說，「野丫頭」的冒險精神。

不記得何時結識韓良露了，只記得，她曾是當年文化界的一小則傳奇，一個我暱稱中的「街頭少女」，十七歲或之前就出來混，早早上道，寫文章，熱心參與各式藝文活動，以私人名義在「台映」辦了一檔頗具規模的藝術電影季，這事交別人來做，也許會賠大錢，據她說，她卻賺了一小票。現在回想起來，這一切其來有自。

西諺有云「好女孩上天堂，壞女孩走四方」，少女良露稍為不同，她不單走四方，而且吃四海。寫到這，頓時勾起沉埋久之的少年記憶，耳邊彷彿再次聽到，我處女座的母親在告誡：別天天在街上野，你又不是無父無母的小孩！

但或長或短，每一代年輕人恐怕勢必都走過那麼一段「無父無母」的歲月，渾身充滿莫名渴望，一心一意，試圖從原生家庭掙脫出來，美其名曰尋找自己，常常是呼朋引伴，投向某種替代家庭的懷抱。年輕人喜歡裝大人，又好跟大人宣戰，青春之於他們是萌芽，也是種酷酷的青春禪：我是我，我不是我，一切意義流動於當下，只在流動中生發完成；我是我，我不是誰誰誰，並非誰誰誰的小孩，亦非誰誰誰的學生——家庭，學校，婚姻，乃至於社會國家，一切外在的標籤形式，因而都是錯的，假的。

良露後來的人與文不走極端，早年展現的卻有那麼一點接近這款我姑妄名之的，年輕人的 free style——一種「滾到大街上」「放開手去玩」的自由風格。也許眾人少見多怪，當年拋頭露面的女孩少，如良露這般混得兇，玩得瘋的跨界女文青，最終練成一身闖蕩江湖好武藝的，更是少之又少。

而如果青春是「在世界的家中作客」初體驗，這「世界之家」一開始便既是自由之家，也是吃喝玩樂之家。雖然事後證明，自由並不簡單，吃喝玩樂更非易事，玩樂得好，玩樂得自在的人，通常也是基本功好的，有底蘊之人。

的確，若說青春是迷陣，世界何嘗不是圈套。人在事後看去，大到自由，小至吃喝玩樂，包含所謂旅行美食時尚，無一不都是某種圈套，某種迷陣。但有底之人，即使真的玩瘋，玩爆了，因為有底，有後台，也就不怕迷失。

C.

良露姊妹家學淵源，其來有自，這回長姊良露不惜挖出自家寶來獻給讀者，這寶物不是別的，竟是她們家中分屬於父系母系的兩大灶神兼食神。

我的八字中有兩個食神坐命，這可不是迷信，我這一生彷彿有人在供養食神般，總是有命吃好。小時候爸爸在家中設了個食品間，走進去有一箱一箱的蘋果、水梨，還有巧克力、餅乾、橘子汽水、果醬、火腿罐頭，小孩去食品間毫無門禁，可隨時進去拿自己愛吃的東西，因為太豐足了，也養成了我喜歡帶同學、朋友來家裡玩時順便帶他們進食品間分享寶藏，我至今在朋友圈中都以慷慨分食著稱，應當是童年時養下的好習慣，我喜歡食物帶給人們的快樂，我從小享受這樣的快樂，也希望和別人分享。

良露書裡幾次提到，她八字命中有兩個食神，直接反映於她童年生活世界的，除了這裡說的父親，還有她的阿嬤（如果不算家中的汕頭廚娘陶媽）。讀者若細看分散書裡的諸多線索，便會發現：父親和阿嬤（外婆）這兩人，既是華人食神的當代化身，分頭代表戰後台灣外省本省飲食文明，更是，對幼時的良露而言，父系母系，兩種古老灶神的代言人。這裡有必要再把良露原文找出來，讓她夫子自道一番：

從童年開始，我就知道每家灶神愛吃不同的東西……爸爸的灶神見多識廣，愛吃他鄉下老家用兩片厚厚蓮藕夾碎肉炸出來的肉餅，也愛吃過了長江的各種江南滋味，灶神和爸爸一起去過蘇州、南京、上海……忘不了蘇州拆蟹粉煮出的菜心、南京秦淮的鹽水鴨、上海的蔥爊鯽魚，爸爸的灶神也愛吃上海白俄人的洋餐，像羅宋湯、起司焗明蝦等等……爸爸的灶神很喜歡請客，有一次爸爸在冬天預訂了一隻黑羊，在那年除夕晚開了好幾鍋涮羊肉，請爸爸那一船跟他從老家逃難來台灣的弟兄。我生日時爸爸的灶神也賣力演出，炸豬排、焗馬鈴薯、烤巧克力蛋糕，爸爸的灶神東方西方武藝都高強，把我的小朋友同學都收拾得服服貼貼。

灶神（或灶君）是神話中主掌廚房與飲食之神。民以食為天，由原始火崇拜發展而來，灶神主管人間飲食，也是家宅神一種，老早就被奉為「一家之主」，司察小過，兼掌一家禍福。有關灶神的傳說眾多，趣味性強，過年要送迎灶神的習俗古已有之，為了避免灶神在玉皇那廂講自家壞話，唐代著作就載有「以酒糟塗於灶上，使司命（灶神）醉酒」的說法，今天的台灣人代以糖果巧克力，同樣在行賄灶神，讓他吃了甜頭，說不出壞話。

灶神既是一家之主，且是這等富世俗趣味的家神，只要家裡常開伙，日久生情，簡直就是家人，同家人無異。猶如父親，良露見多識廣，尤通占星紫微；她在這裡將其父寫成或比擬成灶神附身，我只能說是神來之筆。而讀者若忍不住，把前引食神坐命的說法納進來一併考量，那就是奇上加奇了。

d.

西諺說：You carry your country with you, wherever you go.（不管你人到哪裡，你的祖國將與你同行）。姑不論，韓良露是否某種道教式的泛靈論者（崇拜天地山川諸神，性命雙修，且人神相通？），如果容我在此自作解人，她的言下之意似乎是：人不管走到何方，不單單會帶著祖居之地（大祖靈）同行，同時也不可能不帶著灶神（小家神）一起流浪。

但，良露的家庭傳奇還有同樣神奇的另一大塊：

爸爸的灶神有個情敵，經常跟著阿嬤一起來我家爭風吃醋，阿嬤的灶神據說祖上老家在泉州，但這一輩子落籍台南，如今跟阿嬤一起搬來北投……當阿嬤的灶神從舊北投市場買了一大堆菜，風塵僕僕地提到新北投女兒家中時，爸爸的灶神就沒好日子過了……換阿嬤的灶神主灶，完全是一副爭奇鬥艷的模樣，把阿嬤老家台南的各種有名大菜搬上陣，栗子河鰻燉成了當歸河鰻、醬燒青蟹改成了紅蟳米糕、砂鍋獅子頭變成了佛跳牆……當我有時去阿嬤舊北投的家拜訪灶神時，發現在我家大展雌風的灶神，變成了個小家碧玉，愛做各種家庭小料理，因為阿公不愛吃大菜，只喜歡台南小菜配紅露酒。

在此重覆徵引良露寫灶神在家一文，並非我獨愛，偏愛此文，而是它具體而微地展示了，良露飲食美學的豐盛世界及迷人境界。對韓良露而言，貫穿童年食物與家人，貫穿長大後的世界及吃喝玩樂，說穿了，正是一種從尋味到回味的情味漫漫之旅。進一步說，從尋味到回味也正是，結合父系和母系，一代傳過一代，代代相傳的永恒之旅。

良露好吃，懂吃，這方面和她父親阿嬤（或阿公）並無二致，祖孫三代構成了一個如此多采多姿的飲食世家，其中的美麗與哀愁，精華的點點滴滴已寫在書中，重述不可能，也沒必要。良露感嘆未及在親人走前，幫他們錄影錄音，只留下了些不會說話的照。飲食原不離人生本身，此書應該可當舊相簿看，看似拼貼一堆長短斑駁不一的回憶，卻自有舊民國舊上海，拉洋片或剪紙的空靈氣味。

e.

我看韓良露寫吃多年，從出道起，一直有股不輸人的勇猛和精力，搜羅海內外飲食奇味多矣！只是，這是一個不得不問的問題，一個人的身上，到底能擁有，能專擅，多少東西方飲食的武林秘笈呢？

良露寫此書，給我的最大啟示應該是，她身上，或者也是每個個體身上都有的，那份拉扯。齊克果說，人要向前才能生活，向後才能思考。生活與思考的對比，正是體驗與回味的對比，青春與智慧的對比。對照良露的人與文，過去出版的十幾本遊記和飲食書，我終於領悟了一件事：如果說食神永遠是當代的，年輕的，屬於替代家庭的，義無反顧勇猛精進的向外冒險，那麼灶神則向來是古老的，上年紀的，屬於原生家庭的，帶著幾分保守眷戀的向內回歸。在突顯異質，突顯原創力的食神與強調同質，強調鑑賞力的灶神之間，同時不該只有單方向的回歸問題，也還應有許多來回辯證的發揚空間。世代傳承的灶神與無師自通的食神，因此有幾分類似禪淨之分：只有兩者的結合才可促成生命經驗與飲食經驗的契合，飲食之味，人生況味就在其中矣！

f.

為人寫序，尤其幫比自己要強不知多少倍的專業作者寫，最怕落落長，寫長了本該就此打住。但忍不住，最多，頂多就只加按這麼兩句小註或閒話作結：

寫此文時，人在巴黎，有空逛大街和迷人老市場如 Passy，我知道，聽聞就是了，許多貴客嬌客，遠道兼程，從台北或台灣來巴黎「生活」（而非觀光或渡假），要緊的是，既是生活，務必記得要下廚，一定讓你的灶神同行，這樣一來才可確實擁有，不止相對的有機健康，而且是真正的生活，慷慨，與愛——如是我聞，韓良露（大食神，大灶神）如是開示。

倘蒙神眷顧，期待，盼望，當我垂老之時，能掙有一席習慣的位置，在良露家。

來自良露的灶神

王宣一

韓良露說她有兩個灶神，一個來自祖籍江蘇南通的父親，一個來自台南漢學家族的外婆，當然，應該還有一個是來自她自己走遍江湖四海、吃過看過的各種異國美食。這本《良露家之味》就是追憶由她的灶神們串起來與父母和阿嬤一同走過的歲月故事。

和良露相識四十年，前二十年我們很少談美食、談家庭，談的都是少年不識愁的理想和藝術，但近二十年，我們在美食圈相遇，一起吃飯喝酒，我們有著部份相似的美食背景，來自同一年代他的父親和我的父母的有著相差不多的美食記憶，還有我們對異國美食的興趣與同樣狂熱的追求，但是唯獨我少了一塊來自她阿嬤的古早台南味。

良露的阿嬤出生台南大家族，父親是漢學家，阿嬤自小雖受日本教育，但也讀漢書，堅持嫁給浪蕩子的阿嬤，其實和良露的父親有著同樣的叛逆因子，阿嬤在破產之際仍然買了十多隻鵝肉送去給參加活動的孫女和同伴，父親也會花上一般人一個多月的薪水去買一隻看不懂也不敢吃的榴槤，良露在這樣的氛圍裡長大，造就了她敢衝敢闖的個性，也影響了她和妹妹良憶對美食的熱情追求。

更有趣的是，良露的阿嬤和父親不僅採買美食出手闊綽，他們都喜歡自己動手做，阿嬤做台灣味，父親卻神奇的會做許多家鄉的大菜，良露說「我也不知道少年就離家的父親從哪裡學會那些菜色。」但是她的父親從不停止的在廚房裡弄東弄西，如冰糖甲魚、紅燒黃魚、松鼠桂魚……，甚至連上海人愛吃的上海式西餐、冰淇淋、蛋糕、包子都做得出來。

那個年代，會在家裡動手做菜的男人真的太少太少了，但是良露就有著這樣一位喜歡做菜的父親，也許少年離家的父親，就是想要藉著複製家鄉的味道，來回憶無法歸去的家鄉和家人吧！他們在異鄉異地，不停的尋找家鄉的口味，因此我看到他們喜歡去的館子和我少年記憶裡也有太多的重疊，因此當她娓娓道來那些五〇六〇年代的台北知名餐館，如石家飯店、銀翼餐廳、美而廉……，我彷彿也回到了自己的父母牽著我上館子的回憶之中，雪菜包子的香氣、韭黃鱔魚的味道、炸春捲、炒年糕、什錦如意菜……。

由良露父親的灶神我彷彿也走進了自己的童年，然而台南阿嬤的灶神，卻帶領我進入生活的土地。我雖然沒有傳統的台南胃，但是讀著這本書，看著良露阿嬤拌油飯、做佛跳牆、雞捲、炒米粉，雖然這並非我的家傳菜，但是我卻極為喜愛，如今在我宴客時，我也非常努力的去做，我不知道傳統的台南味道是什麼，但是我很願意照著良露和其他人對古早味的描述和一些老店家留下的滋味去揣摩。

良露的故事，記憶了那些滋味，不僅如此，她還因為懷念母親和阿嬤，想要把她們的古早味傳承下去，也曾舉辦過多年的潤餅節活動，推廣台灣小吃，請大家吃潤餅也教大家做潤餅，甚至還帶到海外去。事實上潤餅不只是閩南人的文化，也是各民族都比較容易接受的台灣味道。要推展台灣觀光，潤餅是其中可行的一味。

良露的阿嬤依時令做潤餅做各式大小菜，為了疼惜女兒，也三不五時送些菜餚到家裡給她母親，擔心母親吃不慣那些濃油赤醬的江浙味。確實，家裡是由她的父親和管家陶媽主宰餐桌的味道，父親獨沽一味，永遠的揚州味、蘇北菜和上海式西餐，而出身汕頭的陶媽做些家常菜，但也許是因為有著悲哀的身世，良露總覺得她做的菜沒什麼太多滋味，她認為做菜心情很重要，帶著悲傷做出來的菜大多不特別美味，帶著愉悅的心情做的菜吃起來才會開心，她看慣頑童式的父親大手筆買菜做菜，良露從此也對美食傾心而且毫不手軟，隨心所致，才十歲就可以搭公車去找太陽蛋，坐在小美而廉吃可頌和熱可可，終至及長得了美食家的封號。

認識韓良露的朋友都知道，她說話快、反應快，對有些事情看法比較豪邁，但是對電影、藝術、文學、美食卻出奇的細膩。我常和她一起吃飯，才吃一口，她就大叫「百里香好香喔！」或是「這裡面有苦艾酒！」，往往說中百分之九十，接著她開始對那道菜品頭論足，毫不隱瞞自己的喜好，我想她是適合做一位正直的美食評論家的。

不止是美食家，寫美食有關的文章，良露更幸運的是，她有機會用她的專業反哺父母，拉著他們到處趴趴走，到各地旅行和探尋美食，雖然母親過世才六十多歲，但也曾在她身體健康時帶著她到歐洲探親並且吃吃喝喝，買了許多母親最愛的英國餅乾等零食。父親晚年，良露更陪著他回蘇北老家，雖然後來因著身體老化無法遠行，依然每週兩次帶父親在台北各大小館吃他愛吃的老味道。記得那段日子，和良露相約，她一定要排開和父親共餐的時間，一切以父親的考量優先，不然就是看她匆匆忙忙趕著去買外帶，或是帶著大陸來台探視父親的親友到處去遊覽和尋找好吃的東西。看著她那麼的體貼著父親，我的心裡是滿滿的祝福，她好運的可以奉養父親到他九十歲，做為美食家，她是多麼愉快的照顧著同樣熱愛美食的父親，真是幸福的人啊！

良露繼承了父親和母親的各種飲食習慣，她一一記錄下來，她的記憶力出奇的好，幾歲時吃過什麼，父母帶著她去吃了哪一家館子或買了什麼新奇的食物，她全都記得（雖然這部份我無法考證），但是她對食物和人情的觀察入微，卻是你不得不佩服的。讀她的文章，由飲食讀到人情，由人情讀出文化，她的書寫，文字流暢、旁徵博引，從南寫到北，從古寫到今，由食物寫到對文化的觀察，讓你很容易的被吸引著。

事實上，良露和她父母親及阿嬤的故事，不止是家族的記錄，也記錄了一個時代的文字影像，從四〇五〇年代到現今，從阿嬤在日治時代的台南，從一夕之間離開大陸老家到台灣的小青年至終老台灣的父親，從吃著台灣小食長大的母親和強勢的父親共組的新家庭，所有大時代的悲歡離合，在一道又一道的美食之中交織出這一時代的光影，歲月落在家庭的餐桌，角落的小店，父女相依走過的街道，默默無聲的，卻是如此美好如此雋永。

紀念
二〇〇三年告別人世的母親林富美女士
二〇一二年離開人間的父親韓時中先生

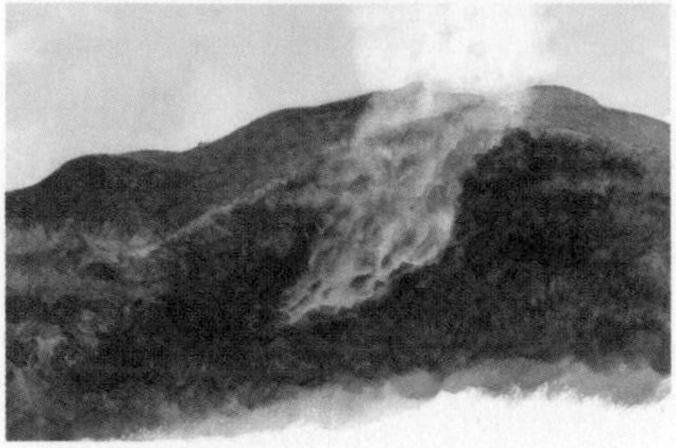

傷逝之味

天下沒有不散的筵席，父母過世之後，我一直有著強烈的感懷，
覺得從童年以來父母提供的豐富的家筵結束了，雖然曲終人散，只留下餘音繞耳，
如今彷彿有著一桌隱形的家筵陪伴著我日常生活的餐桌，
父母、阿嬤隱約列席在我身旁，我總想起各種食物和他們的關聯，
他們反而比活著的時候更常與我同在，因為如今他們可以無所不在了。

媽媽的潤餅

小時候寫作文，提到我家廚房時，總寫著爸爸買回來一隻大黃魚或父親烤了一個大蛋糕之類的，有一天老師終於旁敲側擊地問起我的媽媽在哪裡，我的媽媽也在家啊！只是我的媽媽很少進廚房。

爸爸包辦了廚房的工作，表面上讓媽媽很輕鬆，有些人總羨慕媽媽好福氣，嫁了個當年大家還不清楚的標準上海好男人，這幾年上海男人的形象逐漸清晰了，媽媽才恍然大悟為什麼爸爸老愛往廚房跑。

童年的時光，回憶起來，充滿著和爸爸在廚房中鑽進鑽出、東忙西弄的樂趣，長大後寫起文章，也常常爸爸長爸爸短的，就好像小時候寫作文一樣，總忘了媽媽的存在。

直到有一天，媽媽很幽怨地說起，為什麼你寫家中的美食時，總寫你爸爸做的菜，為什麼不寫寫我做的菜。

媽媽當時這麼說，我還一笑置之，說你那麼少做菜，寫什麼嘛？媽媽正經八百地說每年春天都會和阿嬤一起做幾次潤餅；而做潤餅是很費功夫的，要分別把豆干、豆芽、韭菜、蛋皮、肉絲、蝦仁、高麗菜等等切好、燙好、炒好，之後盛在不同的盤子中，像小孩辦家家酒似的，桌上擺得琳瑯滿目，旁邊再擺上潤餅的麵皮、花生粉、滸苔、甜醬，之後大夥就一張一張地包自己的餅吃，東西不能放太多，否則餅會破，但也不能放太少，吃起來口感就不豐富了，要包得恰恰好。

在阿嬤去世後，媽媽也還是持續地每年做一兩次潤餅，但改由我幫忙合作潤餅席，記憶中我們母女難得會一起下廚，只有做潤餅的時光了。

當母親提醒我，她也會做潤餅時，我開始回憶吃時的那些記憶，的確，母親的潤餅，做出來的水準並不輸外婆，我突然想到，會不會母親其實也有做菜的天賦，只是因為她運氣好（或運氣不好），她一生被兩位會做菜又愛做菜的媽媽及丈夫環繞，而廚房中是容不下兩位大廚的，因此母親只好退讓，她的不用做菜的幸福，其實是奠基在犧牲了自己的潛能，讓她的媽媽及先生大享做菜的幸福。

後來，我答應了母親，有一天一定會寫篇文章談媽媽的潤餅，但不知怎麼回事，我一直沒寫。

後來媽媽離開人世，我想到自己竟然連寫個讓媽媽開心的潤餅故事都沒寫，我真不孝啊！於是，我想到了要辦春天潤餅文化節，於公可以用活動延續推廣這項珍貴的食物文化資產，於私可在自己內心深處一角，懷念從童年有記憶以來年年做潤餅給我吃的媽媽。

母親喜歡吃什麼?

在我五十多年的回憶中，和母親有關的食物記憶是少之又少的，此刻坐在書桌上的我，突然覺得很悲哀，我甚至不太知道母親喜歡吃的東西有哪些。

母親是不下廚的，早年家中一直有管家，下廚照料日常三頓的均是管家，但父親下廚則是兼有美食表演性質的節日喜慶之類的活動，做菜這件事一直不歸母親管。

母親也不上市場買菜，小時候記憶中和母親上北投市場，都是去買衣飾或文具用品等等；腦海中從沒母親拎個菜籃的樣子，反而是父親常常右手大白菜左手大魚大肉地回家加菜。

母親似乎也吃的不多，卻是非常好的吃客，尤其在請客時，母親總是不斷地向客人稱讚父親的紅燒黃魚、紅燒肉、春捲、八寶菜等等等做的多好，但母親總是說的多吃的少。

還住在北投時，因和阿嬤住的不遠，阿嬤常常三天兩頭地做一些當歸鴨、紅燒鰻等給母親送去，阿嬤掛在嘴上的總是怕女兒沒東西吃。小時候我不懂阿嬤的說辭，因為父親常常大菜小菜做滿桌，母親怎麼會沒東西吃，長大後才明白道理，因為阿嬤不喜

天主堂

歡父親的菜，連帶也自然覺得母親也一定吃不慣父親的菜。

母親十九歲嫁給父親，從那時起，這個台南長大的姑娘，家中主要的飲食口味就從阿嬤善烹調的閩菜變成了父親善做的江浙家鄉菜，而飲食這件事很奇怪，從小吃慣的食物最可口。

父親喜歡做菜，也因為他很在乎平日吃的菜對不對他的口味，因此即使家中有管家燒菜，他還是搶著進廚房，連年紀大了後請外傭，他也照樣拖著衰老身體下廚，就怕別人做不出他的家鄉口味。

但母親也不知道是不愛做菜，還是沒機會下廚，她身邊又環繞了三個都算是很有廚藝天份的人，會做菜的媽媽、先生，連管家陶媽媽的汕頭菜都燒得要得。

不下廚的母親，卻是最會稱讚別人做菜的人，不管別人燒什麼菜她都稱讚好吃，但一直吃得不多，不像其他人總堅持自己的菜好吃，但我父親就不吃我阿嬤的菜，我阿嬤也不吃我父親的菜，而這兩個人上餐館時也都是有名的刁嘴，很不容易稱讚別人做的菜好吃。

母親在飲食之事上如此善體人意，不太挑剔，卻使得我在回想她究竟喜歡吃什麼時，變成彷彿得了失憶症，幾乎不大能想起母親主動或積極地表示要吃什麼東西，是吃白菜燒豆腐呢？（父親的人間至味），還是魯麵？（阿嬤的最愛）。

然而我記憶中卻有一些恍惚的和食物相關的記憶和母親有關，像母親很喜歡吃零食，有一陣子她常常在吃起司餅乾，有一陣子吃南棗核桃糖，有一陣子吃仙楂，常常吃各種零食的母親，到了飯桌吃正餐時自然胃口不好了。

父親總說母親零食吃太多會沒營養，但吃零食是不是也是一種反抗行為呢？反抗她潛意識中不能主掌食物的選擇。

也許怕自己營養不夠，母親中年後很喜歡吃營養食品，吃各種雞精、補充品等等，從不吃補品的父親就常常說母親不能把補品當三餐吃，果然母親最後吃壞了身體，長年身材保持十分曼妙的母親只活了六十六歲，但一直超重的胖子父親活到了八十九歲。

身為美食家的我，常常想到母親就有些悲哀，因為我竟然不知道母親一生究竟喜歡吃什麼？吃零食、吃健康食品的母親，其實和食物有著很不正常的關係，但我卻知道的太晚了。

媽媽吃不下的起司烤魚

大家都說睹物思情，我卻發現食物更能勾起情緒。

媽媽去世後，有半年多，我都不敢帶爸爸去媽媽在世時我們常去或剛去過的地方吃飯，深怕觸動爸爸悲傷的心弦。有一回，我約了他在老爺酒店吃自助餐，我心想這是好久沒去的地方，大概不會惹起什麼，誰知道爸爸吃前菜主菜都沒事，但吃到飯後的喜見達冰淇淋，才一小匙下去，爸爸立即老淚縱橫，這時我才恍然大悟媽媽曾提到她和爸爸前兩年返上海探親，在淮海路上吃喜見達冰淇淋，媽媽還說同樣價錢的東西，在上海吃就覺得比台北昂貴很多，因此起碼多花了一倍的時間慢慢吃完。

半年過後，我開始帶爸爸去一些家裡常去的老店吃飯，畢竟那是爸爸喜歡的味道，但我也發現爸爸每到都一處或銀翼這些老地方時，總是吃得特別安靜，總是心事重重，一頓飯吃下來，總像有隱形的陪伴者。

媽媽去世後，我大哭的時間並不多，但有一回去迪化街辦事，在下午差不多非午餐時間，經過波麗路西餐老店，突然不知怎麼回事，心中一時抵抗不了的衝動讓我進門，才吃過午飯不久的我，竟然叫了一份起司烤魚，東西端上來，不太餓的我吃了一

口，竟然眼淚就流了下來，我一面流著淚一面還繼續吃，結果越吃淚流得越兇，坐在下午無人的波麗路火車式沙發座上的我，最後放聲大哭起來。

我是為媽媽哭，也為自己哭！我跟隨著潛意識來到了媽媽去世的前半年，我和爸媽一起吃中飯的波麗路，當時我們三個人都不知道媽媽已經病得很嚴重了，媽媽叫了她最愛吃的起司烤魚，卻吃了一口就吃不下去了，我和爸爸都奇怪她怎麼沒胃口，還說她挑嘴，媽媽只說不知道為什麼，覺得吃什麼都難吃。半年後，媽媽檢查出是末期胰臟癌，不久後就因醫療疏失而過世。

這一切我早都知道，但再吃到了媽媽吃不下的起司烤魚，我的味蕾牽動我壓抑的心，再也無法控制地讓悔恨之淚潰堤流出。

媽媽愛吃的油粿

媽媽在世時，很少想到她和食物的關係，家中有兩個太強勢的天生美食家，一個是爸爸，一個是阿嬤，他們總是會在廚房中各顯身手、餐桌上發表意見，母親總像個跑龍套似的，在家中的美食舞台上從不是主角。

媽媽去世後，因為思念她，我反而情不自禁會想起許多以前我不太記得現在反而清楚回憶的往事，我想起我童年時母親很喜歡一家位在台北市沅陵街和博愛路交口的小吃店，記憶中好像總是在母親帶我去博愛路孔雀行買童裝或她自己在鴻翔綢緞莊剪完旗袍布料後，我們會去這家我已不記得名字的小店吃油粿肉圓、五香肉羹、豬腸冬粉之類的小食，記憶中沒有父親的身影，一向不喜歡台灣小吃的爸爸當然不會在那，但我們母女吃小吃時爸爸跑去了哪裡，我如今好奇著童年我並不記得也不關心的瑣事，現在我猜想那半個小時左右的時間父親應當是去全祥買茶葉去了。

我以前一直以為母親對我的飲食影響甚少，以為和台灣本土味覺的聯繫主要來自阿嬤，但母親去世後，我不斷想起的往事，我常發現媽媽也是我人生味覺的引路人，像我在中年後常常一個人會去沅陵街和重慶南路交界的一家台式小吃店吃油粿、肉圓，不就是母親在我童年時常帶我吃的東西嗎？但原來位於阮陵街另一頭的店去了哪裡？又叫什麼店名呢？

母親去世後，有一天我又去吃油粿時，突然想弄清楚這一切，我問這家小店的老板娘記不記得這條街上以前有家生意很好賣油粿的台灣小吃店，老板娘毫不遲疑地回答說就是德芳小吃店嘛，以前很有名的，老板全家後來移民德國了。真巧喔！我說，店名叫德芳，他們跟德國這麼有緣。

當時，我突然很高興，因為店名的出現以及老板娘成了見證，讓我覺得我和母親曾經經歷過的某些美味的片刻，有了真實存在的證明，往事不會完全消失的，在某些記憶的角落，生命的碎片會重新聚合。

只可惜這家後來才學德芳賣油粿的小店在幾年前也收了，如今我每次去小店的原址喝酸梅湯或去世運買老式三明治時，我都會想起當年不到三十歲的媽媽，帶著七八歲的女兒吃她很喜歡吃的台灣小吃。

媽媽的炒米粉

媽媽一直很少有機會在廚房中大顯身手，未出嫁前可能因為她的母親太會做菜，出嫁後則因為家中一直有管家讓她不必為三餐煩惱，再則是她的丈夫太愛做菜。

爸爸不鼓勵媽媽下廚，恐怕也不全然是體恤老婆，而是口味不合，爸爸的口味是濃味一派，拿手的紅燒黃魚、紅燒肉、炸藕盒、全家福等等都是濃郁厚味，但媽媽其實是好淡味的，記憶中有幾次媽媽炒了自己愛吃的炒米粉和炒青菜，爸爸嚐了一口說怎麼這麼淡啊也就不再吃了，如今回想起來，媽媽可能會覺得很挫折吧！人各有味，濃淡皆美，何況照今日的標準，媽媽尚清淡的口味其實比較流行。

但小時候家中的小孩，都有西瓜偎大邊的習慣，總以為很少做菜又不做大菜的母親是不會做菜的，如今年到中年的我，卻好懷念媽媽清淡而有味的台式炒米粉和簡單的炒高麗菜，多想再吃一次媽媽的炒米粉，而且大聲稱讚媽媽的炒米粉真好吃。

媽媽最後的虱目魚粥

母親在醫院的生命末期，胃口一直不好，醫院的飲食當然難吃，我們會問她想吃些什麼，偶爾她會突然有一點胃口，說想吃虱目魚粥。

媽媽想吃的食物，是她十九歲嫁給爸爸之前常吃的台南小吃，走到了人生的盡頭，想回味的其實都是童年之味，一輩子說爸爸的菜好吃的媽媽，終於不再需要做好食客的角色了，媽媽一次也沒有說起想吃爸爸做的什麼美味。

媽媽的童年之味，很清楚地就是台灣之味，但我的童年之味是什麼呢？在我走到人生的最後，我會想吃什麼呢？如今我毫無所悉。

有時在異國的旅途中，強烈思念家鄉的飲食時，我會玩起比分的遊戲，早餐是想吃燒餅油條豆漿還是清粥小菜還是虱目魚粥或是豬心冬粉，媽媽的選項竟然常常也是我的選項，原來母女還是同味的，我相當不解，母親是如何把她的味覺喜好傳承給我，難道是來自身體的基因嗎？明明父親是顯性強勢的飲食文化影響者，但我畢竟是和媽媽一樣生活在台灣這塊土地上，是否味覺也如一條伏流，母親對我的口味的影響一直隱約在那流動，而我年紀越大，越了解母語的力量，飲食的口味也是一種語言，喝母親奶水長大的我，飲食的母語隱約在那流動，早已隨奶水浸透在我全身的細胞中。

父親的香蕉船

母親去世後，每週我都會固定抽出兩天的時間陪父親外食，我也常想起小時候，父親也是每週至少兩次帶著我們全家大小去餐館的往事。

有一回，在天母方家小館吃父親挺喜歡的素菜餃，父親說起他平生吃的最好吃的素菜餃，是早年西門町的一條龍，那時素菜餃的青江菜餡是用人工切碎的，不像現在方家小館是用機器碾碎的，因此口感較好，但如今卻沒得挑了。

聽父親說起一條龍，讓我回憶起童年和父母在西門町度過的光陰，在一條龍吃餃子、喝酸辣湯、吃山楂酪、在金園吃排骨酸菜麵、炸春捲、在勝利福州館吃海鮮米粉、爆雙脆、煎糍粑……這些館子充滿了我們全家大小的餐飲記憶，但母親過世不久，我不敢帶父親去這些老店，以免觸景傷情。

父親因為年事已高，八十多歲的人了本應當小心飲食，因此當他在家吃飯時，我總建議他多吃粗菜淡飯，但一週幾次外食，就不妨盡興吃了，否則生活還有什麼樂趣。

那一天，帶父親吃罷了中泰賓館的午茶，看父親興致仍高，但因早上已在咖啡館吃過早餐喝過咖啡了，不宜再找個咖啡館坐下，我想不如吃點冰淇淋吧！父親雖然是老人，但一直不改愛吃冰淇淋的習慣。

進了雙聖冰淇淋店坐下，我和父親看著菜單，我突然發現父親的眼光一直停留在香蕉船的照片上，雖然一份香蕉船有三粒冰淇淋，再加香蕉、果仁、鮮奶油巧克力醬等等，對老人而言好像有點太豐盛，但我讀出父親眼神中的渴望，就順意問他要不要叫香蕉船，父親果然說好。

香蕉船來了，父親的眼中有孩子般的興奮，他專心地一匙一匙舀著冰淇淋吃，剎那間，我看到童年的自己，父親以前常帶我去中山北路的百樂冰淇淋店，父親總讓六、七歲不到的我獨享一整盅的香蕉船，當時父親眼中的我，想必臉上也一定流露著像父親此時也有的既興奮又滿足的表情吧！幾十年前父親用香蕉船寵我，如今換我也用香蕉船寵他。

然而，就像小時候的我一般，父親吃完了兩球冰淇淋，而且也是先吃完了巧克力和草莓冰淇淋後，說剩下的香草冰淇淋他有點吃不完了，於是，我和父親分著把最後一球香草冰淇淋吃完了。而當年我不也是這樣，總會在香蕉船中剩下最後的一球香草，要父親幫我吃完。

一份香蕉船，原來承載了我們父女幾十年來的生命滋味。

爸爸的年味

八十一歲的父親，最近常常想起童年，說起大陸鄉下老家過年的情景，磨坊裡的年糕，堆得小山高，自家宰殺的豬雞鴨做成的臘味，在廚房大樑上高掛著，酒窖裡剛釀好的紹興酒，一罈罈封上了泥土，送給鄉里長輩，獨子的父親有回貪玩，掉進了酒槽中，醉昏了一兩天，嚇壞了全家，從此不准他進酒坊。

年菜從小年夜準備到大年夜，大魚大肉免不了，雜煮年糕的習俗，倒像日本人的正月料理，年初一上午一定要吃碗蓮子紅棗桂圓湯，父親遵守著這樣的年俗。記憶中，我小時候在家過年的每個大年初一，父親放完鞭炮後，一定會叫全家來喝這碗甜湯。

父親向我提起年初二會有許多佃農從方圓五十里內上他老家過年，原來佃農回娘家是回地主的家，父親後來告訴我佃農會帶著兒女來拜年，但女眷是不進門的，每個人有紅包領，地主會招待佃農吃三餐，幾百個人群聚在大廳裡，吃喝敘舊打牌玩笑，獨子的父親最喜歡這一天，因為會有各種年紀的小朋友和他一起玩耍。年初三，父親憶起了祖母帶著他的爸媽坐上家裡的帆船，沿著長江到南通去燒香，坐在船上的父親總是打著盹，只記得深冬江上雲霧迷茫。二十多年後，父親也是隻身坐上自家的大船，帶著幾十位同鄉自衛隊的年輕漢子和他一起逃離家園，他的父母不肯隨同遠行，說是到廟裡抽籤神明指示不宜遠行，父親從長江離開時也是江煙飄渺，送行的爹娘從此天人兩隔。來到台灣的父親也從此不肯上廟燒香，當年一起和他渡江的人，如今每年固定在父親家中聚會，三十多個人逐漸凋零，如今剩下不到十來人，大夥幾乎年年都要在葬禮上碰面。

今年是父親的傷心年，比他年輕一大截的母親竟然匆匆辭世，許多遺忘的往事卻在人走後鮮明起來。父親想起有一年還住在新北投山上時，某日和母親路過昔日為荒地的中和街，看到農人在賣羊，父親決定大年夜請老友吃涮羊肉，就訂下了一整隻羊，除夕當晚，家中來了幾十人，那晚的情景我還記得，卻忘了自己是否吃了羊肉，因為有很長的時間我都是一口羊肉也不吃的，不知道是否因為當時年幼的我，老忘不了那隻黑羊溫柔的眼睛。

還有一年，在家幫傭的陶媽媽，突然在後廚房的空地上養了一大群土雞，從那一年起，我也停吃了好幾年的雞，不過，這樣的敏感倒沒用在游水的魚上。家裡的水塘一向養著草魚、鰱魚、鯉魚，有一年的除夕請客，做了好多魚頭鍋，第二天水塘變得冷冷清清，我偷偷放了一些新北投公園噴水池裡撈來的小蝌蚪，過了一陣子，家中的水塘長出了好多小青蛙，後來青蛙被撈走了，但有一天家中餐桌上出現了田雞，從此我也不敢吃田雞了。

家裡準備年菜的一向是父親，從過年前一個多星期，父親就會在廚房中忙進忙出，一定會做的年菜有十樣蔬菜切成細絲，一炒一大盆的如意什錦菜，從除夕吃到開市。隨著父親年事漸高，菜樣逐漸減少，細絲也切得越來越粗，早該我們子女換手做什錦菜了，但父親總堅持要他親手做，後來父親才說，他小時候跟在祖母、母親身邊，就幫忙做什錦菜，父親大概是不想斷了他做著這些菜時會記起的時光吧！父親也總會包上百條的韭黃蝦仁鮮肉春捲，當我成家後，外子最愛吃這味春捲，父親也會為我們另外包幾十條春捲，春節期間，客人上門拜年，父親一定會奉上剛炸好的春捲沾五印醋吃，鹹的吃完後，又會送上炸甜年糕。

如今，家中的年糕都是店裡買的，但我很懷念小時候北投農家為賺外快在過年前用自家石磨做的手工年糕，這種用新米磨好現蒸的甜年糕，有強烈的米香味，簡單一炸就好吃極了，父親卻說他老家自己磨自己蒸的甜年糕更好吃。總之，兩代人都有自己懷念的味道，只是這些昔日的滋味都一樣一去不復返了，如今很多家庭連年菜都在便利商店買，過年還吃微波食品，日後下一代人懷念的年味會是微波味嗎？

今年（二〇〇三）母親離開了，散居各地的弟弟妹妹決定回台陪父親過年，年夜飯改成來我家，這倒是幾十年來頭一遭，即使平常父母弟妹來我家吃飯，但年夜飯一向是父親當家的，如今我想著到底要做什麼樣的年菜，照父親的食譜嗎？味道呢？要做自己的味道還是父親的味道？還要做大蒜黃魚嗎？從小吃到大的黃魚如今身價暴漲，一條竟然要三千多元，我問爸爸，小時候家中常常吃的大黃魚折合當今物價一條多少錢，父親想了半晌說：「五百多元吧！」那也不少，但父親一向對吃捨得，當年也曾花別人一個月的薪水買了一隻大華西餐廳的烤火雞，早年我一直不懂父親非要花大錢吃黃魚，後來看大陸地圖，才發現父親老家旁就是出產黃魚的東海，黃魚是他的童年之味，烤火雞是他後來在上海求學時期吃的十里洋場之味，原來時光一去不回頭，父親等於是花大錢買記憶的門票，讓他藉著食物重返生命中曾有的滋味現場。

父親的老家是他生命溯往的源頭，但母親的味道卻不是家裡的滋味，而是夜市小吃的滋味。老家台南、祖籍泉州的母親一直愛吃炒米粉、春餅、擔仔麵，這些不像年菜大菜的味道，卻是我日常在各地夜市想吃的東西，但在母親去世前，我卻一直沒想過這些我愛吃的小食，其實是隱藏在我基因中的母親的味道。在許多家庭中，母親的滋味是主味，在我家中卻是隱藏的滋味。今年除夕，我想炒個台式米粉當年菜，讓隱身的母親也能一起分享她的年味。日後，我所懷念的味道中，也將永遠會有母親的味道。

父親返鄉之味

父親祖籍江蘇，雖然在台灣住了六十多年，但對南京大屠殺事件一直不能忘懷，因此幾十年來，旅遊歐美的他，卻始終不肯到日本去旅行，並對出生在台灣的母親和我，對日本的好感不以為然，但奇怪的是，在母親死後，有一回我談起要去京都，又順便像過去十多年間會自然地問起他要不要一塊去，沒想到他的答案竟然是好，反而是我一下子愣住了，還以為自己聽錯，忍不住問他為什麼肯去日本了，沒想到他的回答是「無所謂了」，原來母親去世後，他對人生有了新的想法，覺得以往的國仇家恨不那麼重要了。

至於我為什麼老想帶父親一塊去京都，並非我特別想化什麼歷史恩仇於一笑，而是我知道父親是喜歡食物的人，對食物有其特別的敏感，而我一向覺得京都的飲食文化和古吳有淵源，連日本學者都認為日本天皇是吳王泰伯的後代，而京都料理和蘇州、無錫的食物，也有其相似之處，連京都派的日語和吳語也有不少關聯。

有一回，父親回江蘇探親，帶回來一大包蕎麥種籽，想找他熟悉的市場製麵人，幫他做手工蕎麥麵，那是我第一次知道父親愛吃蕎麥麵，第一次知道蕎麥麵是父親的老

かがり火
かがり火
かがり火

家和他童年的滋味，當時我才明瞭我第一次去日本吃蕎麥麵時，就迷上了它獨特的粗樸味，每回去日本都會大過蕎麥麵癮，原來竟是基因作的祟。我們父女從未談過彼此愛吃蕎麥麵的事，而我一直以為蕎麥麵是很日本的，沒想到竟會是父親的家鄉麵食，後來，父親說起他們老家還把蕎麥殼用白布包起來當成枕頭，如果他去到日本，住進老式和風旅館睡在這樣的枕頭上，不知他會有何感想。

父親答應要和我一起去京都後，我就計畫天暖了後帶他出門，近來我閒翻一些京都的書給父親看，那天他看到各種京都蘿蔔，像聖護院的球狀大蘿蔔，他說他老家有，並且立刻說這種蘿蔔不辣、口感柔細不脆，我真驚訝！隔了近五十年，他會馬上回憶起蘿蔔的滋味，而京都人用這種蘿蔔在冬天醃千枚漬，講究的也是一種溫柔的滋味。還有洋紅色的長條蘿蔔，父親也說是家鄉的，他看著那些京都食物的照片，似乎有點嘸口水，父親說好多蔬菜，他幾十年沒吃到了，有的連回到江蘇老家也找不到了。

父親從溫帶氣候的江蘇，來到了亞熱帶的台灣，已經逐漸習慣吃不過霜的大白菜，但我知道父親一直懷念童年的滋味，像他在英國劍橋看到用老式吹糖法做出的甜菜糖，竟然一買就是五斤，我實在可以想像，當他到了京都，看到蕨菜、薇菜這些台灣沒有的野菜時，會如何地感動。

父親的童年，曾經讓我充滿了各式各樣的滋味，如今我想的卻是帶他去京都，讓他重溫童年的滋味，這是我們父女一場有情輪迴的滋味。

但計畫帶爸爸去京都之事終未成行，當我認真地辦起旅行諸事時，爸爸又反悔了，說他還是不去日本，但他想趁著身體還行，再回老家一趟。

多年前我曾帶過爸爸去上海和北京，但一直沒陪他回南通和海安的老家，也從未去過爸爸在兩岸探親開放後回海安老家為他父母立的衣冠塚上香過，如今媽媽去世了，我想爸爸可能想在老家幫媽媽做法事，雖然出生在台灣的媽媽，其實跟爸爸的老家毫無現實的關聯，但媽媽曾陪爸爸去老家探過幾回親，在當地也認識了一些親友，爸爸想在這些親友前為媽媽悼喪之意，我自然可以體會。

於是我把日本行程改成回爸爸老家，先在南通和一大幫我叫不出名字的親友見面，大家都對比爸爸年輕甚多的媽媽早逝不勝唏噓，尤其許多親友年紀都八、九十歲了（爸爸的家族以長壽出名），還臉色紅潤、騎著腳踏車來飯店赴宴，一桌十二人的宴筵加起來快成了千歲宴了，人生各有命，向來不重養生口無禁忌的爸爸活得好好的，但重視健康的媽媽卻早逝，在餐桌上我看著諸多老人大嚼紅燒蹄膀，心想終於看到了爸爸口味的本家了。

再回到爸爸的鄉下老家，立即陪父親上墳，其實從一九八九年後已返鄉數趟的爸爸，仍然一跪到墳前就放聲大嚎，一輩子只看過父親掉淚但不曾聽過父親哭聲的我，也跟著淚如雨下，我明白父親哭他二十多歲被迫離開老家永別父母的苦痛是如何刻骨銘心，我明白他在一九七八年的香港才得知他的父親早在一九五七年的三年大饑荒的第一年，就因身份是善霸地主無法領糧票而餓死在老家的悲憤是如何錐心刺骨，這筆帳一定要算，當然中國共產黨要負責，但日本鬼子的帳也要算，在從未見面的祖父墳前，我決定此後不再囉哩囉嗦勸父親跟我去京都了，畢竟父親那一代人的傷痛絕非我可以真正體會的。

在祖父墳前，我突然覺得有種莫名的哀憤上身，在爸爸口中身為善良地主的祖父，為什麼要承受和當時上千萬中國人民一樣的餓死的命運，這是多麼巨大的時代罪行啊！祖父過世後出生的我，從小生活在父親提供的錦衣玉食中長大，我和父親所多吃的每一口飯，都是可以養活祖父的，但我們養不到他，身為父母獨子的爸爸，他在日後得知父親的死因時，從此他嚥下的每一口飯是否都藏著悲哀？

在海安和父親的鄉下親友聚餐，又是一大桌的菜餚，但我幾乎無法下嚥，在這個祖父臨終饑餓至死的傷心地，我怎麼吃得下呢？雖然事過境遷四十多年，但眼前和祖父與父親或有血脈相連的這一桌人，都可能親眼看過祖父最後瘦至皮包骨的慘狀，我怎麼吃得下呢？

玉米粥和蕎麥麵

和爸爸去海安的鄉下探親，說起來彼此是同一個曾祖父的關係，隔了好幾代，在都市裡可能早就不相干了，但在鄉下人心中卻仍然還是血親。

住在鄉下蓋的百來坪兩層樓的大房內，算下來也有五六間房，但只住了三個人，空間可比大部份台灣人住得寬敞，晚餐吃的是鄉下菜，有一道鹹魚配玉米粥引起我極大的興趣，這不是我在義大利北部常吃的鹹魚polenta（玉米粥）嗎？怎麼回事？我們只說馬可孛羅帶麵食回義大利，但如此神似的玉米粥是誰影響誰的？

鄉下親友看我對玉米粥如此有興趣也十分不解，其實玉米粥是早年窮人缺糧的補充食物，在早稻收割後改種玉米，在九月即可收穫，平常當主食，白米飯在大日子才吃。

親友第二天帶我去看快收割的玉米田，景象也如我在義大利北部常見，但我在義大利吃一份鹹魚玉米粥，起碼要台幣五、六百元，我告訴親友，對方笑說原來他們天天吃這麼貴的糧食啊！

親友也帶我們去主屋後的藏糧屋看裡頭收的上一季的乾玉米和磨好的粗玉米粉，

還有蕎麥籽，爸爸一看就說要帶些回台灣做蕎麥麵，親友也順便包了一大包玉米粉給我。

於是我們父女倆帶回台北的伴手禮中最重的就是蕎麥籽和玉米粉，爸爸找了水源市場製麵的店幫他摻二分的麵粉做麵，當我聽到父親的敘述時，心裡真是好笑，從沒踏上日本國土的爸爸，竟然知道什麼是二八蕎麥麵。

我也用玉米粉做了義大利菜請朋友，大家都以為玉米粉是我從義大利帶回來的，經我告知玉米粥的來歷時，朋友都微微愣住了，因為大家都吃過很貴的義大利polenta啊！

父親七十年揚州夢

二〇〇四年夏天，母親去世了一年，我陪同八十多歲的老父回南通的鄉下祭墓，在預定要回返上海之前，我和父親說起了揚州遲延了百年的鐵路終於完工了，被喻為百年寂寞的揚州，終於在二〇〇四年四月起有了新氣象。

由於南通舊屬揚州府，我想當然爾以為父親必定熟悉此城，沒想到父親竟然說他沒去過揚州。父親並且談起了他此生的最大憾事。

原來，父親在念完了家中私塾小學後，獲准前往當年名震大江南北的揚州中學就讀，但在父親預備起程前往揚州的當天，卻獲悉揚州被日本人占領了，父親的揚州夢也只有碎了。

沒想到這一錯身，一晃就是七十年，之間父親走遍大江南北，來到了台灣，之後旅遊歐洲、美國各地，但卻從未踏上這個他童年時最盼望前往的城市。

南通離揚州不遠，今日車行不過兩小時多，我當然不能讓父親再錯過了揚州，當下改變行程調車前往。

當車開過了揚州古運河，進入內城，沿著青青楊柳夾道的鹽城東路，來到了乾隆六下揚州的御碼頭旁，揚州的古色古香令我十分驚訝。這十多年來旅遊大陸各地古城，不管是西安、蘇州、南京等等，都是失望多過歡喜，最恨的是過去十多年在所謂經濟開放之下所建造的高樓大廈，都摧毀了古城的風韻。

我在歐洲旅行過不少上千年的古城，發現歐洲人保護古城的方式很簡單，即把古城分為老城區和新城區，所有具歷史意義的標記建築都列入老城，其間不准蓋新建築，舊建築則以復古的維護為主，而所有現代化需求，如超級市場、大醫院、公共設施等等都蓋在古城外的新城區。

這麼一來，才會有像法國喀卡遜、義大利西耶娜般的中世紀古城留存下來，這兩個老城，也都保留了中世紀的圍牆做為老城與新城的分界。

揚州是中國歷史名城，從春秋夫差建立吳城起，經隋煬帝建大運河，背負了千古罪名，卻便宜了日後的唐代因這條南北漕運之利連接了西域絲路，使得揚州成為唐代國際貿易的樞紐，在當年四十六萬人口中，就有八千多位波斯及大食（阿拉伯）胡商。

北宋末年，本來要以揚州為南宋都城，卻被金兵屠城攻占，才選擇了位於天險長江以南的杭州。位於長江北岸的揚州，也成了富歷史隱喻的中國城市，在中國南北合的年代，揚州一定繁榮，但只要南北分，揚州首當其衝必倒楣。

乾隆六十年盛世，是揚州的黃金年代，鹽商憑特權而富，廣築園林，留下了如「個園」這般集北方之雄與南方之秀的名園勝景。但從道光之後到清末到民國動盪再到西

元二千年，揚州的命運一直不濟，成了個破敗、沒落的城市。

但沒落的命運，如此卻成為揚州重新出發的利基，我和父親在瘦西湖上遊船，看湖邊山水風光寧靜優雅，絕無杭州西湖旁的觀光喧囂，使得原本的瘦西湖，如今可說是勝西湖了。

一位接待西方旅客的當地導遊與我聊天，說揚州因禍得福，過去多年不得發展，反而避開了別的城市錯誤的建設。

如今唐代千年的古銀杏老樹還端坐在市內大街上，父親遲了七十年，卻看到了這個城市比較美好的一面。

我帶著父親一早去富春茶社吃火腿拌干絲、菜心煨麵、三丁包子，完全是從小父親帶著我在東門町的銀翼吃的早茶，父親從一九四九年來台後就成了銀翼的老主顧，吃的都是他家鄉南通的揚州滋味，但他竟然一生沒緣來揚州，父親慢慢地吃完了他熟悉的菜餚，放下筷子，我問好不好吃，父親遲疑了一會，或許家鄉情使他一時說不出口，但隔了一會他還是說了，好像還沒台北的銀翼好吃，飄零在外近七十年的遊子所眷戀的好滋味竟然落在異鄉。

二〇〇四年後，父親身體不再適合遠行，他再也沒回到家鄉，但他幾乎每兩三星期就會去銀翼吃家鄉味，我常想人的家鄉到底在哪兒？是出生的地方還是胃裡？

父親的美味驢肉和甲魚

爸爸在海安的早市買了一大塊胭脂色的肉，我以為是醃牛肉，吃了一片，鹹香柔嫩，順口問這牛肉怎麼醃得這麼紅？爸爸回答不是牛肉，是醃驢肉。

我當場把口中剩下的半片吐出來，爸爸說怎麼了？我說我不敢吃驢肉啊！爸爸說你不是吃了嗎？我說那是我不知道是驢肉才吃啊！爸爸說你從沒吃過怎麼知道你不敢吃，到底你覺得好不好吃啊？爸爸又說驢肉賽牛肉，他一直懷念這一味，早上在市場看到，還跟攤家訂了一大塊，打算帶回台北。

其實吃驢肉一直是世界各地不少鄉村人補充蛋白質的肉食，在日本和義大利，有城寨的地方常有吃馬肉的傳統，但鄉村其實少用馬運輸，多半是用便宜的驢子，也因此有吃驢肉的習慣，我這個台北長大的都會人，明明也是吃牛吃豬吃雞的肉食者，但身為美食家卻不敢做老饕，兔子都不吃，當然不敢吃驢肉。

但驢肉好不好吃呢？我只吃了半口，感覺真的沒異味，口感好像很嫩，但心結已種，父親大嚼他所謂美味的驢肉，我只能在旁納涼。

父親經上海把海安的醃驢肉帶回台北（那幾年台灣還沒肉品禁止攜入的規定，否則八十幾歲的老人就成了走私驢肉者了）；回家後父親做了一桌菜，弟弟、妹妹和我都回家吃飯，我看到桌上有一盤切得薄薄的醃驢肉片，弟弟吃了幾片，也問這牛肉怎麼這麼紅啊，爸爸也沒說明，只說是海安買回來的，妹妹比較敏感，說這肉的口感和牛肉好像不太一樣吔，爸爸也支支吾吾地不作解釋，我心裡偷笑，這個只想分享他的美味驢肉的爸爸，如此不老實，生怕說破了，弟弟、妹妹變成像我一樣不肯再入口，當晚我可是一片肉也沒吃，但看大家都吃得挺樂的，也明白了吃食不只是口腔味蕾之事，也是腦子之事，是我的腦子不敢吃驢肉。

但人的飲食腦子，小時候其實是很開放的，長大後才會漸漸頑固起來，像小時候五六歲時父親買了隻野生甲魚回家（長大後我才知道父親老家以野生甲魚出名），父親慢燉了一大盤紅燒甲魚，母親根本不敢動筷，但小孩子的我卻敢吃那長得像烏龜的鼈，而且那一口甲魚唇邊豐厚的膠質緊緊黏住了我的雙唇，讓我一時都張不開嘴唇了，這一口稠黏之味的初體驗，讓我至今都深深喜愛各種食物的膠質，尤其是甲魚的膠原蛋白，只是長大後再也吃不到像童年那一口美好的濃滋厚味了。

所以說，飲食如同學語文，十歲前吃過的味道可能就會成為終身適口之珍味了。每個人都有他適口為珍的緣份，我告訴爸爸我不吃驢肉不奇怪，他不吃虱目魚才更奇怪，是啊！小時候沒吃過虱目魚的爸爸，在台灣六十年都沒改口吃虱目魚也算是口味頑固的老人吧！

家傳菜

前一陣子，開始記錄父親做菜的食譜，父親常做的菜，我從小吃到大，自然也自以為會做，但有一天突然想到，我向來做菜都是順心隨意，出手油鹽醬醋，從無定法，因此表面上可以把父親的菜，做出個七、八分樣，但絕無可能做出父親的八、九分味道。

然而，父親年事已長，終有一天，我會再也吃不到父親做的菜，而屆時如果我學他做的菜又做的味道很不像時，我一定會很傷感，既知如此，還不如現在就開始好好向他模倣一些菜吧！

父親做的菜，其實也不是多麼了不起的，可以上中國菜大系大譜的名菜，大多只是他自己愛吃也常做的菜，稍有名的如蒜子黃魚、羲烤肉、上海式燻魚，還有一些是餐館少見的，他自己家鄉的菜，如東台蓮藕餅、大白菜燒豆腐、家鄉春捲、如意什錦菜、全家福等等。

因為要和父親學做菜，也一併和他上菜市，也因此回到了十幾年間較少去的東門市場。我家從我十七歲到二十七歲之間，住在台北東門町一帶，之後，我出國、回國，住在天母一帶，已習慣上菜色更豐富的士東市場買菜，但搬離東門的父親，仍有空就回那買菜，我一直不解原因，直到和他一起買菜，才知道那裡的肉販，不需要他開口，就知道他喜歡買哪一部分的肉，而魚販也會替他挑上好的魚，他沿路買蔬菜、買生鮮，都可以一路敘舊，這等溫馨，怪不得父親大人特不愛上超市買菜。

買菜回家，幫著父親洗洗弄弄，一邊做菜，又讓我有回到童年的感覺，小時候，家中雖然有請做菜的管家，但父親總愛往廚房跑，他做大廚，管家陶媽媽變二廚，我就成為跑腿的，當年父親正值壯年，因此常做大菜，複雜的紅燒甲魚、冰糖蹄膀、麵糊黃魚托、松鼠桂魚都常上桌，但如今父親已沒力氣做這些大菜了，原來，人一生什麼時間做什麼菜，都有生命的定數，由不得人。

每個家庭都有自家的家傳菜，不見得非有大名堂，但一定比餐館中的名菜，更能打動家人的心，因為菜裡有生命記憶的滋味，但這些滋味卻十分脆弱、難以保存，餐館的菜有一代一代的師傅保存，但親人的味道卻必須靠自己家人保存，雖然這樣的保存終究會消逝，但對想要記住的人而言，能記住個數十載，也就不負一場家傳滋味的因緣聚散了。

最好的食光

前一兩個月常有寒流，父親年事已高，又有心臟病宿疾，怕他受風寒，不好像往日一到週末就帶著他出去外食，只好改成買現成的熟食帶回家孝敬他。

我常告訴朋友，要對老人家好，最好的方式就是買好吃的東西給他們，但什麼是好吃的東西呢？就必須考慮一些狀況，例如你自己覺得好吃的東西，老人家不見得喜歡，老人家大都牙口不好，根本不能吃硬脆之物，要懂得買老人家容易入口的，此外老人家味覺退化，但又不可吃太油太鹹，因此要買食材好做工細的食物，老人家又吃不多，多花點錢買貴一點的各式熟食，老人家是吃得出分別的，但他們往往會怕孩子花錢而不肯表示他們愛吃好東西。

不少朋友跟我表示，他們的父母常抱怨沒胃口，說什麼東西都不想吃了，或說什麼都不好吃，我父親偶而也會這樣，其實他們不是真的沒胃口，只是老人家的世界很封閉，吃來吃去如果都是常吃之物，自然吃久了就不好吃，因此要懂得為老人家換口味，買點他平日不易吃到的食品，像我只要吃到好東西，就會想適不適合老父吃，例如在某小店吃到了柔軟的、入口即化的手工牛肉丸，就會立即買一斤回家，偶而也會買名店的小籠包讓他換口味，或專程去些他早年自己會去買、但現在老了不能趴趴走了、因此都不再去的老店，例如某家的醬豬肉、某家的豆沙包、某家的湖州粽等等。

為老人家買好吃的東西，是要多花點心思的，但人老了，生活容易單調，偶而滿足口腹之慾的快樂最實惠，老人家只要穿的暖，並沒有太多場合穿華衣華服，鞋子也是以舒適為主，都不需要名貴的東西。老人家又往往都很有自尊，不會主動跟孩子訴苦，因此聽他們的話語要多用點心，吃不下飯了，並不是真的吃不下了，要先給他們換換口味看看，他們身體還行時，要多帶他們出去外食，去老館子懷舊，去新餐廳看看新花樣，若身體不行，也要懂得讓他們在家裡也可以有好胃口。

另外，老人家吃東西宜清淡，但卻不可忽略佐料，為老人家買貴一點的好米、好茶、好醬油、好醋、好麻油，也可以增加他們飲食的品質，開門七件事講究一些，往往勝過一頓鮑蔘翅肚。

我常常看到一般人在討小孩開心時都很盡心，但對討老人家歡心就不那麼認真，但想想老人家在世的日子還剩多少呢？想到這些，難道不覺得更應當讓老人家活著時有更好的胃口嗎？

我總是記得小時候父親帶我去吃餐館、買熟食點心回家的往事，那些食物的記憶，都是人生的好食光，如今是到了我反哺報恩的時候，也要讓父親晚年生活中仍然擁有最好的食光。

有爸爸的年夜飯

二〇〇九年的冬天特別冷，舊曆過年期間聽說又會有一波更低溫降臨，高齡老父前些時候才出院，近一個多月都在家中避寒，我想著天氣這麼冷，今年除夕是沒有辦法請父親到我家中吃年夜飯了，只有我們去陪老人家過年。

這幾天我都在琢磨著該為父親準備什麼樣的年菜，同時我也看到各種媒體都在介紹飯店的、餐廳的、便利商店的、市場的、網購的各種年菜組合，據調查台灣現在已有百分之三十二的家庭會買現成的年菜組合，另外還有不少家庭的年夜飯會外出用餐，也許因為今年景氣回溫，在一個多月前我就聽到台北不少飯店、餐館的年夜飯訂席都客滿了。

雖然新曆的過年全台都有盛大的煙火秀，但在台灣人的心中真正過年的氣氛還是陰曆年，年夜飯更不必標誌是哪個年，誰聽說有人吃新曆年夜飯的？年夜飯是華人幾千年來充滿了文化符碼的一頓飯，對有些人而言，年夜飯也許是一年之中最重要的一頓飯，最重要的原因是家庭的團聚，團圓飯就等於是年夜飯的代名詞。

提到團圓飯，指的不只是家人的團圓，還跟年夜飯中許多傳統年菜有關，當我在查看許多高檔的年菜組合時，卻發現少了團圓象徵元素的年菜，例如許多家庭雖然有不同口味的家傳年菜，但有些做法卻很相似，例如做大小肉團、蛋團、肉圓、魚圓等等，這些團團圓圓形狀的食物是吃了幾千年的年菜，都是充滿記憶的菜，如果我替老爸準備年菜，竟然少了清燉大肉團（獅子頭），少了放在全家福中的小肉圓、小蛋圓、小魚圓的話，那不管我買了多珍貴的鮑燕翅肚，老爸一定會覺得不對勁，因為不像年夜飯嘛！

除了團圓的概念外，我所期待的年菜還一定要有長生的概念，因此那些可以重複從除夕吃到大年初五的菜色就很重要，許多家庭都會做好一大鍋什錦涼拌菜，可以一點一點拿出來餐餐吃都不會膩，還有長成團狀的大白菜及芥菜，也都是必備的長命菜，這些菜可以不斷地加入湯料中和各種肉圓、魚圓煮，又可以燴蹄膀、土雞、臘肉、臘腸等等。

陰曆十二月又稱臘月，平常我雖然不太吃臘味，但在過年期間臘味卻是我記憶中重要的年菜，尤其是在初二、初三熬夜時用剩菜剩湯加臘味煮年糕湯，一直是我非常期待的年味，那種用剩料下廚的豐富感，會特別有種過小日子的平安自在。

年菜是記憶的菜，祖先的記憶加上長輩的記憶再加上自己成長的記憶，許多平常也吃得到的食物在過年期間卻變得更有滋味，例如煎蘿蔔糕沾加了白胡椒的黑醋，例如在元旦清晨喝碗紅棗蓮子桂圓三元甜湯，例如晚間和家人促膝聊天時，生個小炭爐烤糖年糕和烤香腸，例如在初五那天把所有的剩菜加米煮成雜燴粥，這些年菜的滋味，不只是食物的美味，更是人生記憶的美味。

烏鴉反哺

自從父親二月離開醫院後，一直到五月立夏，台北天氣都有點冷。父親心臟不好，最怕他冷揪心，就一直少讓他出門。但父親是愛美食的人，從前每週總有一兩天會帶他出去吃館子，如今他成天在家吃阿莉燒的家常菜，雖然菜也不錯，但變不出多少花樣，我想著就心疼起來。於是這幾個月來，我老掛在心上的事就是又該買些什麼吃的回去給爸爸換口味。

我一向不喜歡用塑膠袋裝吃食，不僅覺得看了礙眼，也懷疑不安全，深怕塑膠袋遇熱分解什麼有毒化學物質出來。於是我這陣子每週總有兩三回出門就拎個提鍋，在辦事的空檔中，也許去鼎泰豐買酸辣湯、小籠包，也許去銀翼買菜心煨麵，也許在金雞園買油豆腐細粉和肉餃，也許去牛家莊買清燉牛肉湯……買好了我想父親會喜歡的吃食後，就趕緊搭小黃趁熱把食物帶回家給已經掉光了牙、只能戴假牙吃煮得又軟又爛的東西的老父。

每次提吃食回家，看父親吃完，又帶著空鍋盒坐小黃趕赴下一場人生旅程的我，心中總是充滿了感謝。這時我首先想謝謝的是台北的小黃，台北的計程車費當然也有人坐不起，但對中上收入的老百姓而言，卻是既廉價又方便。如果我住在倫敦或東京，就根本不可能在忙碌的生活行程中，利用小黃外送吃食給父親。其次，我也感謝父親活到了我已屆中年的此時，中年的我才有餘心子欲養而親猶在。

這些時候，我也特別會想到小時候聽到覺得老生常談到極點的烏鴉反哺的故事，我發現我之所以會心裡唸著要買好吃的東西給父親，當然跟小時候的記憶中父親常常帶好吃的東西回家有關，像我從童年到今天都挺愛吃的倫教糕，就是父親常買給我吃的白糖糕，我還一直以為是父親愛吃順便買給小孩子，但長大後有一回我買給父親，他卻說不愛吃，我說怎麼會，你以前不是常買嗎？父親說那是妳愛吃啊！

於是，這隻從小吃父親的小烏鴉長大了，而父親也老了，父親不方便出門，對我是很大的打擊，因為我知道會有一天我也可能要如此過，我現在就得提前因為父親而感受到人生無奈的狀態。當外面好吃的都無法親自走上門時，我無法想像自己的未來，但總可以趁我現在中年還可以東跑西跑四處覓食做個外送的孝女吧！

我這樣在台北各家小館小店買東西，其實內心是既開心又有一點小悲涼。開心的是自己還可以在自己越來越熱愛的台北城裡為美味東奔西走，小悲涼的是這樣的樂趣總有一天得結束。人生既然如此，總要在還可以時好好把握。於是，買份父親愛吃的起司烤魚、菜肉蒸餃、燉爛肉、醬肉燒餅、褡褳火燒、乾燒牛河……我心裡盤算著這些美味，計畫著下一趟提鍋返家的行程，我的人生可以這樣過，也要謝天謝地了。

良雲姊姊的小餛飩

父親的身體已經無法遠行了，不能像過去般每隔一兩年就去大陸探訪親友。父親離家時有個四歲的女兒叫韓良雲，但因母親改嫁，又因父親人在台灣怕被歸為黑五類，就在戶籍上改成和父親無關，這麼一改，當我想安排良雲姊姊來台探視父親時，竟然無法證明這一對明明有血緣但無現實相處緣份的父女的法律親屬身份，因此一直等到大陸旅客可以來台自由行後，我才得以安排良雲姊姊和姊夫來台和父親同住。

已經退休的良雲姊姊、姊夫，本來可以來台住三個月半年的，好好陪陪父親，但礙於自由行的規定他們只能來台兩個禮拜，我真是為他們悲傷，他們這對父女一生都受政治現實的阻礙，台灣開放兩岸探親時，父親離家近五十年，童年一別的小女，再見時對方已是五十多歲的婦人了。小女兒記憶中模糊的父親青年的身影，再見時對方也已是七十多歲的老人，真是相見互不識啊！是誰偷走了他們父女的緣份與時光？

我一直想幫父親及良雲姊姊補償他們其實無法補償的人生，我第一次在上海看到良雲姊姊，就覺得她才真的像爸爸的女兒，我雖然常被說長得像父親，但比起從沒和父親相處的良雲姊姊，我的長相、說話方式、儀態等都不如他們像同一個模子刻出來的樣，為什麼會這樣？我想和她的出生地和父親一樣，小時候又曾被父親的父母帶到青少年（她是在三年大饑荒時才被母親帶到上海），所謂人親土也親，良雲姊姊硬是比我這個喝台灣水長大的女兒更像父親。

和良雲姊姊相處，我更發現兩個人的口味是如此相近，都像農民般愛吃大白菜、南瓜、芋頭、玉米、蓮藕，但和父親不同的是，從小到大沒吃洋味的她不吃什麼上海式西餐，在飲食口味上她其實比父親更傳統。

良雲姊姊、姊夫來台北，我負責帶他們到處吃喝，我私自訂了個回憶的主題，盡量帶他們去過去六十年父親常吃的餐廳，如銀翼、都一處、逛父親常去的東門市場；幾天下來，良雲姊姊說沒想到那些年爸爸在台灣過得這麼好，因為在大陸我們都說台灣人在吃香蕉皮。我聽了好傷感，對比我的幸福童年，良雲姊姊的童年卻是父離子散，還要跟著她的祖父祖母過沒糧戶只能靠親友接濟的生活（這就是為什麼三年饑荒的第一年，祖父就餓死了，因為當時已沒人有能力分糧給他了）。

父親在台灣吃好過好，他會有罪惡感嗎？還是吃得好活得好也算是對當時中國大陸殘酷的政權的抗議，但父子連心，我小時候不懂父親在提供我們子女非常豐富的飲食時，是否也有一種對抗無情人生的悲憤，否則他能怎麼辦？兩岸迢迢，幾百萬上千萬的人都束手無策啊！

有一回我帶良雲姊姊去吃東門市場的小餛飩，小小的店每次現包四十粒小餛飩，賣完了再包，小餛飩鮮肉滑嫩，肉湯味醇清香，良雲姊姊說沒想到在台北竟然可以吃到她幾十年前在上海才吃得到的這麼有味的小餛飩湯，她說現在上海都沒這種老味道了。

那一天，在東門市場，良雲姊姊說，台灣真是個好地方啊！

我多麼希望良雲姊姊能在這個好地方多待一些時候，多陪陪父親，補償一些他們一生少有的相處緣，但他們只有兩個禮拜，原來我可以和爸爸有緣相處是多大的幸運啊！

不忍見他下車

爸爸的身體，彷彿一台即將宣告廢棄的車子，在過去兩年間，幾乎每隔半年就要進場大維修，但每次入院兩三禮拜後，也都奇蹟式地恢復。去年夏天，父親又入院了，醫生告知父親的心臟衰竭已十分嚴重，唯一解救之道是再做一次心臟手術，我和父親商量了許久，父親並未有信心能在八十八歲高齡、身體又十分虛弱的情況下，接受開心手術的風險與術後感染與復原的各種問題，父親說他活到了這樣的歲數，老天待他也不薄了，他得的病又沒有慢性病的苦痛或癌症的煎熬，他決定要聽天由命，不想冒死在手術檯上的風險，更不想接受侵入式的醫療急救而變成植物人。

父親預先簽下了放棄切除氣管的急救治療後出院，在家靜養了一個月之後，雖然還是不良於行，但精力卻日漸恢復，說話的聲音也恢復宏亮。去年暑假，旅居舊金山的弟弟良愷帶太太、小孩回台過暑假，十歲的小姪子幾乎每天都陪爸爸打撲克。弟弟回美後，旅居鹿特丹的妹妹良憶又返台探父，近一個月的時間和爸爸朝夕相處。妹妹走後，上海的良雲姊姊、金榮姊夫、雅明外甥女又接著來台，之後旅居休士頓的阿姨、姨丈也返台，住在爸爸家一陣子，再來旅居溫哥華的舅舅也回台過耶誕節。去年下半年，爸爸跟他這一生最密切的親友大都見面了，這是不是一種告別呢？我不禁又高興又哀傷地看著爸爸和不同的親友相聚，也開始偷偷地在準備萬一發生了什麼事，我可不想驚慌失措。

過去好幾年，尤其是過去一年，每次想到父親虛弱的身體，可能隨時會撒手離世，我都會掉下淚來，有好幾次半夜突然醒來，想到那一天終要來臨，就會無聲地痛哭，好幾次為了不想吵醒身邊的人，都會起身坐在客廳的沙發上掉淚，但我也會同時反省自己對父親生命的執著。相比於六十六歲就過世的母親，父親已經多活二十多歲了，雖說生命不能用數字衡量，而死亡之前也不是人人平等的，母親死前飽受癌末的煎熬，天天打嗎啡止痛，她自己及子女都希望她能早日解脫，父親雖虛弱，仍充滿求生慾望，對我買回去的好吃東西仍有期待，也還期待和同鄉打如皋土牌，父親就像在人生火車上還不想下車的旅客，而我和他是暫時坐在同一列車上的旅人，我不忍見他下車，雖然知道這一天總要來到，我也有自己必須下車的日子，他只是比我早離去，我對他生命的不捨，是否也是對自己同樣脆弱的生命的眷戀？

二〇一一年的冬天，父親的身體時好時壞，我覺得也許時候快到了，我得準備送父親最後一程了，我想著自己還能給他什麼呢？除了每週提著鍋為逐漸不良於行的父親四處買些他愛吃的食物，好在大部份時候父親仍有胃口，只要看著他吃著買回來的老

麵肉包、喝著熬得軟爛的牛筋湯，我內心都會有一點小滿足，覺得自己正在做著世上一件重要的事。

但我也想到，如果父親真的快走了，良雲姊姊就再也看不到他了，我突然悲傷起來，雖然去年我才安排她來台灣看爸爸，但在父親人生之末多見一次是一次啊！我告訴父親想再請良雲姊姊來台，父親還說不是剛來過嘛！明年再說吧！但父親還有多少時間呢？

我和良雲姊姊聯絡，請她再來台北看爸爸，本來她想在除夕前來，但那時候機票緊張，我怕買不到票，最後決定還是早一點來，就訂在隔年的一月十日。

我告訴爸爸，良雲姊姊要來了，我在爸爸臉上看到了期待的笑容，他雖然嘴裡說不必，但還是喜歡看到親人，父親說他沒辦法四處陪他們玩了，我說他們來就是為了陪他，我會四處買好吃的帶回來給大家吃（這也是我很喜歡做的事，做了也不累）。

但人生的計畫永遠比不上變化，二〇一二年一月六日晚上，良雲姊姊的女兒雅明來電，說她爸爸吃完了火鍋（也喝了一些酒）突然心臟不適，送去醫院，醫生說他得做心臟支架手術，就訂在一月十二日上午，如同晴空霹靂，良雲姊姊、姊夫當然不能來了。

我心中充滿極不好的預感，但也不敢表現出來，只得力持鎮定地告訴父親這個壞消息，父親自己十多年前也做過心臟支架手術，他開始為女婿擔心起來。

隔天雅明又打電話來，說他們全家商量，覺得既然我已經買好了機票，還是由她帶她姊姊的女兒來（她自己的兒子在工作抽不出身），我表示，不必勉強，她還是留在上海照顧要開刀的父親吧！但雅明堅持她可以來，又說上海的事有她媽媽、先生、兒子、姊姊、姊夫等人已經夠了。

一月十日下午，我接到了雅明和薇薇，帶她們去看爸爸，爸爸精神不錯，和她們聊了一會天，一直要我帶她們出去吃晚飯，又要我多帶從未來過台北的薇薇四處玩。薇薇是爸爸的外曾孫女，已經二十出頭了，這個和他也沒多少相處緣份的第四代，彼此能在台北相見，靠的也是那份神奇的血脈相連吧！

我帶雅明、薇薇去吃台菜，並安排未來幾天要帶她們台北走透透的玩法，之後送她們回我石牌的家，也說好了第二天早上我帶父親去石牌榮總做例行的回診，請她們到榮總和我會合。

一月十一日上午，本是我每個月要帶父親去醫院複診的日子，正當我們準備出門時，父親突然劇烈胸痛，根本連輪椅都坐不了了，我讓父親先吃救心藥物，立即叫了救護車，父親在車上把他的皮夾給我，這是在過去兩年來，我數次送父親入院時從來沒發生過的事，我心裡有不好的預感，只是事到臨頭，我反而不會哭了，我把父親送入急診，醫生搶救後稍稍穩定，前一天才來台灣的外孫女及外曾孫女也趕到醫院，形成了一個四代同堂在醫院急診床前的奇異畫面。

父親的狀況很不好，他彷彿一台快要報廢的車子，馬達正發出奇怪的聲響，他的胸腔一直急促地大喘，發出咻咻聲，在急診間等待病床時，不時要用氧氣罩讓他呼吸穩定。

傍晚父親進了病房後，身體的狀況卻奇怪地轉好了，胸腔也不再發聲，反而顯得精神抖擻，我們在病床前和父親閒話家常，父親突然跟我說想喝小米粥，但當時我去哪買粥啊！我想到天母有家店有小米粥，立即坐車去買，買回了小米粥，我坐在父親眼前，看著他津津有味地喝粥，當時我並未想到，這將是我看到父親吃東西最後的畫面。

一月十二日上午，父親又再度劇烈胸痛，第一次高呼不想活了等話語，這是多年來父親第一次喪失生存意志。到了中午，父親陷入昏迷，經由各種急救均告無效，醫生問要不要進行氣切手術，但父親已簽下了病危時不要做侵入式手術，醫生也問我要不要做電擊胸部？我也不忍血壓已降成三十幾的八十九歲老父要再承受胸腔肋骨可能被擊斷之苦，終於，戴著呼吸器的父親在當天上午才正好回台開會的弟弟趕到病床前，嚥下了最後一口氣。

父親閉上眼後，雅明接到上海的電話，告知她父親已平安地離開手術室，我鬆了一口氣，還好良雲姊姊雖然失去了父親，但仍然擁有丈夫，雅明也告訴了媽媽外公離開的事，良雲姊姊終究沒得送她父親最後一程，這一對父女的一生真是沒緣啊！我悲楚地想著，但人生就是這樣，誰也莫可奈何，但奇怪的是良雲的女兒和外孫女卻剛好趕上為她的父親送行，這一切是命運的安排嗎？

我強忍著心中的哀痛，前幾年早就預先安排好的葬儀公司已在等候，我心中默念著爸爸走吧！想到昨晚我給爸爸買了愛吃的小米粥，真好，我善盡了和爸爸一生的父女好食緣。

寧可信其有

終於要真實地面對父親的死亡，奇怪的是，我反而不若過去幾年想像著父親臨終般的那麼悲傷，我看著弟弟對著已無氣息的父親放聲大哭，我心中只有哀傷，卻無巨大的悲痛了，竟然還有奇怪的平靜之感。

我注視著父親漸無氣色的身體，真的覺得這已是被父親遺棄的身體了，父親的魂靈已經脫離了這一具他使用了八十九年的舊車，主人與車伕都離開了，車子遺體也將要進入廢車場了。

父親去世後大體在殯儀館等待出殯期間，葬儀公司為他置了靈堂，我天天去上香順帶泡龍井茶、放上他愛吃的蘋果，有時還放肉包，這些都是我年輕時會斥之迷信的行為，如今做著卻讓我內心有所安慰，其實祭祀不只是為離開的人，更是讓活著的人好過啊！

父親的後事其實在我心中早已預演過不知多少回，我曾多次用平淡的方式和他討論過他對後事安排的喜好，而九年前父親為母親安排的葬禮也是我的參考，雖然我相信父親的魂靈已不在他的大體內，但父親一生是愛面子、愛熱鬧的人，為他好好辦一場告別的派對，不知是否真能讓死後的他開心，但一定能撫慰我自己。

於是，平生不愛繁文縟節的我，認真地辦起父親的後事，請道士招魂，立靈堂祭拜，做頭七、滿七，舉行彌陀經、金剛經法會，訂下防邪的桃花心木棺，選用真絲壽衣壽被，送發訃聞給各方親友，辦理體面但不收奠儀的家祭、公祭葬禮。

我從未想過自己竟然會如此遵從舊禮辦父親的喪事，卻又一點都不覺得這一切是荒謬的，年輕時讀卡謬小說《異鄉人》的我，怎會知道有一天我竟然會從常民的生命禮俗之中，找到某種意義，因為有這些儀式，各地飛返台北的親友，才會相聚一堂，才會在死亡之中找到生命力量的聯結。

父親走後，我反而放下了多年對死亡的恐懼，我真心相信他的靈魂脫離人世後更自由，當我們在為他念經、上香、磕頭、燒紙時，這一切只是我們和父親一起玩的人間遊戲，遊戲總要動作和道具，我們曾和父親一起玩過不少遊戲，最後這次的遊戲我可要玩得真一點。也要謝謝送給父親輓聯、花圈與來參加公祭的親朋好友們，你們也讓這一場告別儀式更豐富。

父親走後，除了辦後事外，我還帶著父親的外孫女及外曾孫女到處遊覽，去故宮看展、去北投洗溫泉、去陽明山看花等等，我記著父親在離世前兩天掛念的是不能帶她們四處玩，我相信父親看到我替他當地陪，一定比看我每天哀悼更高興。

等到送走了上海的親戚，後事也辦的差不多時，哀傷也慢慢變成輕微的憂鬱的海潮般無邊地湧來。年節期間，我遵守著百日內喪家不上門的禮俗，躲在家裡看起一本又一本的小說，從瑞蒙卡佛看到宮尾登美子再看帕穆克和張經宏；天氣一直濕冷著，有幾日清晨醒來第一個念頭是「這麼冷，今天要告訴爸爸小心身體」，接著才想到爸爸已經不在了，不用我提醒了，但過去幾年的生活習慣卻仍然深植在意識底層。

年節過後，出門吃飯，看到漂亮的叉燒肉又忍不住想待會要不要外帶，就是這樣要不斷點醒自己，不用買燒得爛爛的牛筋了，不用買小籠包了，不用買生魚片了，都不用再買吃的東西給爸爸了。還好過去幾年我一直都買各種食物給他，一月八日星期天，我還特別去天母買軟軟的小牛肉腸、燻鮭魚和馬鈴薯沙拉、南瓜湯，那天晚上他吃得很開心，我一直堅持要做採買食物這些事，就是要避免有一天會後悔「子欲養而親不在」，現在，我終於可以在外吃飯時放下心，不用老記掛待會要買什麼外帶了。老爸，未來我能為你做的事就是燒些紙錢給你了，我還記得媽媽離世後，你告訴我們你燒紙錢給媽媽是寧可信其有。

媽媽走後，有將近一年的時間，我一直可以感覺到她以某種方式存在空間裡，晚上起來如廁時，會覺得客廳裡彷彿有她的意識在那兒，媽媽也曾多次入夢，有一回還提醒我要回家過母親節。但爸爸走後，我都感覺不到他，也不曾夢到他，除了淡淡的哀傷外，只剩下奇異的平靜，也許爸爸真的放心走了，去到了另一個我感覺不到的次元了，這麼想著，我終於高興地淚水盈滿雙眼。

缺憾還諸天地

爸爸走後，有一天才突然想起自己竟然未曾用攝影機或手機或錄音機等等現代科技，收藏住爸爸的聲影，當下立刻放聲大哭，怎麼回事？為什麼這麼簡單的事我會忘了做呢？如今我除了一張又一張不會說話的照片外，什麼都沒有了，連以前在手機中、電話答錄機中留下的聲音，都早已被我刪除了，當初我怎麼沒想到，會有一天渴望再聽到爸爸的聲音卻不可復得，現在，再多的時間、金錢都換不回爸爸的聲音和身影，只剩下冷冰冰的照片。當然，我仍然擁有許多關於爸爸的記憶，但我真怕記憶會越來越模糊，我明明可以輕而易舉地為爸爸拍一些生活紀錄片的，為什麼沒做？我到底在忙些什麼？我是有忙著為爸爸買吃的東西回家，是有陪他聊天、看電視，是有帶他去散心，說得好聽，我是活在當下，以和爸爸相處的時光為重，不曾想到未來當爸爸走了，我會需要有些爸爸實體的存在如聲音留給我當撫慰，讓我思念他時聽到他的隻字片語，例如叫我女兒的聲音。

爸爸活著的時候，我只記著不可有子欲養而親不在的遺憾，從爸爸的立場來看，他沒有留下聲音，對他的生前或死後也許並不重要。爸爸在時，我的思考都是做些什麼對爸爸是好的，卻忽略了為自己的未來想，忘了有一天爸爸不在了，是我需要再聽到他的聲音，而不是他需要我要懷念他，就算他去了西方淨土什麼都不掛念了，但記得這一生父女緣的我，卻怎麼連聲音都沒留下呢？

原本以為不會有太多遺憾的我，還是在忙完父親後事不久，就遭受了錐心之痛。尤其想到這世界上在乎還可不可以重聽父親聲音或重看父親活動影像紀錄的人也許不到二十人，但對我自己或其他這些人而言，擁有這樣的私藏記憶的意義，當然比電視上當時一再播放的鳳飛飛身影更重要，鳳飛飛是屬於她家人的也屬於大家的，但我爸爸只屬於很少數人，即是如此，為什麼我不能像看鳳飛飛般的再看他一眼、再聽他一下呢？一般人家裡的家庭紀錄片都在拍小孩，其實拍老人更重要，老人走了就拍不到了。

過去幾年，我雖然早有意識父親不久就會離開，每個星期去看他兩三次時，都想抽空問他一些從前的事，也不時問過一些，像他童年時在家鄉的情景，吃些什麼？做些什麼？也問他後來去上海時住在哪裡？對南市、外灘有什麼記憶？也問了日本人攻打上海後他逃去了哪？但東問西問，爸爸的回答總是支離破碎的，我這個渴望重建爸爸還不是我爸爸前的歲月故事的女兒，因為沒有受過口述歷史的訓練或說也不太認真執意問出個所以然，使得我們的對談始終散漫飄忽，很難建構出爸爸清楚的生命小史，最多只留下些跳動破碎的故事，例如爸爸在上海公路上騎德式摩托車出了車禍送進了醫院等等，但誰在照顧他呢？我當然猜得出是爸爸當時在上海的妻子，但只要回憶裡有她，爸爸都不想跟我提，爸爸是老一輩的人，自然沒法和女兒共同面對他的一些過去，所以說，口述歷史由外人來做較好，生命中有許多事，常常對親人反而無法坦白。爸爸不跟我談一些事，我明白，因為我也會忍著不問他媽媽的事，我也想知道他們當年認識及結婚的經過，媽媽告訴過我一些，像爸爸去西藥房時，看見了暑假正在那打工的師範高材生，但我沒問過爸爸記憶的版本，是因為怕觸及他的傷痛，我不想因為要滿足自己想擁有父母親的故事，而挑起年老的爸爸去碰觸記憶的傷口，於是，關於爸爸和媽媽的許多故事，我都無法好好地收集。

人生或許就是這樣，我們永遠對上一代知道的太少，像我這種看過無數故事小說的人，卻無法好好看分明爸爸和媽媽的生命故事，這份缺憾只好還諸天地了。

出租车
上下客点

沒有父親的年夜飯

又到了採買年菜、準備過年的時候了，最近特別思念爸爸，今年要過的是個沒有父親的年，所謂每逢佳節倍思親，年菜中有太多和父親緊密相連的回憶，爸爸一直到去世前，都依然打理著家裡的年菜，八十九高齡的他，雖然手做不動了，但動口指揮的人還是他，也依照著他的食譜，年復一年的，從我有記憶以來，每年過年都會有涼拌什錦如意菜（那些切得細細長長的芹菜、紅蘿蔔、豆皮、香菇、木耳、黃豆芽等等），有自己包的蛋餃、肉丸加海蔘、蹄筋、白蘿蔔、荸薺、肉片等雜燴的全家福、慈菇燒肉、白菜獅子頭、草魚凍、炸蓮藕盒、炸韭黃蝦肉春捲，以及早年還有的大蒜燒黃魚和煙燻白鯧，近年來只好用紅燒馬頭魚取代。

這就是父親的家傳年菜，是父親一生的記憶，有著他童年在大陸老家對他的母親與祖母三代的記憶，他把對鄉土與親人的懷念寄託在年菜中，年年品嚐著歲月的流逝。現在，父親也走了，我這一代人卻不知道這樣的家傳年菜還能傳多久？

是否我們這一代或下一代人將成為終結家傳年菜的世代？在我的生命旅程中，還曾有幾十年，準備家傳年菜是過年最重要的事，我會跟著父親做蓮藕盒、包春捲、煮紅棗蓮子桂圓湯，跟著阿嬤烤烏魚子、烤香腸、煎豬肝、以及做一大鍋有著香菇、木耳、蝦米、金針、白蘿蔔、肉羹、扁魚酥、蛋花的魯麵，最後還要灑上烏醋、白胡椒與香菜、阿嬤的家傳年菜的年代記憶更久遠，也許是從泉州到台南十幾代傳承加上變化的滋味，像我知道阿嬤年菜中的五柳魚源自何處，卻不知道她為什麼大年初一要喝一碗桂圓米酒糯米粥？

在大家都還會互相親自拜年而不是用電話、網路問候的時代，人們也多了機會認識與品嚐他人的家傳年菜，像我永遠都記得童年、青少年甚至成年後剛出社會時，在鄰居家、同學家、同事家、朋友家曾經品嚐過的東北人家的餃子、酸白菜白肉鍋，北平人家的醬肉、涮羊肉鍋，湖南人家的臘味合，汕頭人家的魚麵、沙茶爐，成都人家的樟茶鴨、豆瓣魚，江西人家的粉蒸肉、粉蒸菜，客家的白斬雞沾桔醬、福菜鍋，福州人家的佛跳牆、福州魚丸燕丸鍋等等。

家傳年菜展現的是常民在歷史變遷中代代保存下來的家族與鄉土的飲食記憶，年菜是認同與凝聚情感的象徵，重點從來不在鮑蔘燕翅等昂貴的食材，家傳年菜本非宴客菜，不是給外人看好的面子菜，而是一家人分享回憶的裡子菜。

家傳年菜的精華在餘不在滿，這是常民過日子的百姓食之智慧，所有的年菜都要懂得預留後路，吃不完的臘肉臘味留著炒年糕煮年糕，剩下的雞湯放進長年菜、肉丸、魚肉又是一鍋好湯，吃不完的魚或豬腳要做成魚凍、豬腳凍當下酒菜。

所有家傳年菜中最重要的一道菜就是涼拌什錦菜，這是我在所有人家都會發現的年菜，只是各家的叫法作法略有不同，這道菜雖是配菜，卻因為可以從除夕吃到開市，成為所有年菜中最歷久彌新也最具代表性的常民年菜。

今年過年，不管你是自己做年菜或買市場、便利商店、餐廳飯店的年菜，試著至少要自己做一道自家的涼拌什錦菜吧！至少讓家傳年菜就先從每家都會有的涼拌什錦菜恢復代代相傳吧！也讓涼拌什錦菜成為我遙寄老父的思念菜。

豐盛之味

我的八字中有兩個食神坐命，這可不是迷信，我這一生彷彿有人在供養食神般，總是有命吃好。小時候爸爸在家中設了個食品間，走進去有一箱一箱的蘋果、水梨，還有巧克力、餅乾、橘子汽水、果醬、火腿罐頭，小孩去食品間毫無門禁，可隨時進去拿自己愛吃的東西，因為太豐足，也養成了我喜歡帶同學、朋友來家裡玩時順便帶他們進食品間分享寶藏，我至今在朋友圈中都以慷慨分食著稱，應當是童年時養下的好習慣，我喜歡食物帶給人們的快樂，我從小享受這樣的快樂，也希望和別人一起分享。

雖然二十多歲後家中遭遇經濟變故，但幸運的我在不到兩年後就白手成家，也幫父母度過難關，接下來幾十年也都一直可以過著寬裕的生活，常常想起童年往事，也知道父母提供的豐盛飲食，或許有所浪費，但那些浪費掉的飲食花費，如果省下來，家裡難道就不會遭遇經濟變故嗎？所謂吃穿不窮，不會算計才會窮，爸爸的不善經營恐怕才是破產的主因。

但破產前的爸爸給了我不僅不虞匱乏還充足豐盛的童年，我一直很感謝父母在物質和精神上對我的慷慨，也使我日後成為大方快樂的人。在二十多歲後，我有機會在物質和精神上回報父母近三十年，也是我人生的幸運，子可以養而親還在，當然父母一定不希望他們的人生會摔一跤需要我的奉養，但他們的受難卻是我的福份。

我的童年有如一場永不停止的盛宴，帶給我人生中諸多美好的回憶與愛的積聚，我感謝這些豐盛之味的教導，讓我因心滿意足而努力做個對自己好也對別人好的人。

美味絕不只是口腹之慾，真正的美味會帶給人類幸福的寶藏。

灶神在家的滋味

從童年開始，我就知道每家灶神愛吃不同的東西。像爸爸的灶神，是從他老家江蘇南通帶來台北的，這個灶神愛吃江北煮得爛糊糊的麵，愛吃冬季裡過霜熬得稠兮兮的白菜，也愛用好多大蒜慢煨出來的紅燒黃魚，在台北沒有東海的黃魚賣，爸爸只好買金門的大黃魚來祭灶神和他自己的五臟廟。

爸爸的灶神見多識廣，愛吃他鄉下老家用兩片厚厚蓮藕夾碎肉炸出來的肉餅，也愛吃過了長江的各種江南滋味，灶神和爸爸一起去過蘇州、南京、上海……忘不了蘇州拆蟹粉煮出的菜心、南京秦淮的鹽水鴨、上海的蔥㸆鯽魚，爸爸的灶神也愛吃上海白俄人的洋餐，像羅宋湯、起司焗明蝦等等。

爸爸的灶神不會天天上工，因為爸爸是董事長，有時會在外工作應酬，但當爸爸有空時，灶神可就忙壞了——爸爸有時買來一隻野生的甲魚或河鰻，灶神就得陪著他好幾小時用秋天新上市現剝的栗子燒河鰻燉甲魚。爸爸興起時，還要灶神陪他熬夜，用果汁機打泡過水的黃豆，用棉布濾渣，讓我們全家一大早起來就有新鮮的豆漿喝，還有剛蒸好的肉包子。

爸爸的灶神很喜歡請客，有一次爸爸在冬天預訂了一隻黑羊，在那年除夕晚開了好幾鍋涮羊肉，請爸爸那一船跟他從老家逃難來台灣的弟兄。我生日時爸爸的灶神也賣力演出，炸豬排，焗馬鈴薯、烤巧克力蛋糕，爸爸的灶神東方西方武藝都高強，把我的小朋友同學都收拾得服服貼貼。

爸爸的灶神做工很專業，但心態卻是業餘的，因為爸爸是老爺，愛吃愛做全憑己意，有時爸爸的灶神回天上去玩了，那時爸爸就天天帶我們上館子，吃江浙菜、北京菜、上海西餐，還有爸爸的新歡：香港海鮮。

平常家裡爸爸的灶神不上工時，就輪管家陶媽媽的灶神演出，這個灶神是從廣東汕頭來的。陶媽媽說，她的灶神以前也是在自家的大戶中主饋的，但跟著陶媽媽來到台灣後，家道中落，得跟她到別人家幫廚。

陶媽媽的灶神有著嶺南閩菜的口味，像泥鰍鑽豆腐這樣的菜，就充滿了嶺南水田的回憶，雖然這道菜中也有陶媽媽傷感的生命往事。陶媽媽的灶神也愛做些奇怪的小菜，像韭菜炒鴨血、酸菜焗魚腸、鹹魚蒸肉餅，都特別適合送飯，因為陶媽媽要等我們這些小孩吃飽飯後，就得帶灶神回家去餵她自己的小孩。

陶媽媽的灶神任勞任怨，但她做工是為了養一家活口，因此陶媽媽的灶神很少即興演出，也不愛做大菜，做大菜是爸爸灶神的事，陶媽媽的灶神是公務員，上午來，晚上走，有一種無奈但認命的家常滋味。

爸爸的灶神有個情敵，經常跟著阿嬤一起來我家爭風吃醋，阿嬤的灶神據說祖上老家在泉州，但這一輩子落籍台南，如今跟阿嬤一起搬來北投。平常阿嬤的灶神和爸爸的灶神，一個住舊北投，一個住新北投，彼此相安無事，井水不犯河水。但當阿嬤的灶神從舊北投市場買了一大堆菜，風塵僕僕地提到新北投女兒家中時，爸爸的灶神就沒好日子過了。首先，阿嬤會對著冰箱一陣數落爸爸灶神做的菜不好吃，把剩菜（那可是爸爸灶神的寶貝）丟掉，然後換阿嬤的灶神主灶，完全是一副爭奇鬥艷的模樣，把阿嬤老家台南的各種有名大菜搬上陣，栗子河鰻燉成了當歸河鰻、醬燒青蟹改成了紅蟳米糕、砂鍋獅子頭變成了佛跳牆……阿嬤的灶神可不是普通貨色，當年大概跟湄州的媽祖是結拜的姊妹。

阿嬤的灶神的這番表現，完全是在和媽媽拋媚眼，要讓爸爸的灶神眼睜睜看到阿嬤的女兒開懷大吃，可比吃爸爸的灶神的手藝時更有胃口。

阿嬤的灶神治服媽媽有一套，畢竟媽媽從小吃慣阿嬤的灶神做的菜，但我們小孩卻三心兩意，一下子投靠爸爸的灶神，一下子向阿嬤的灶神撒嬌，有時我兩邊都不睬，一心只想去外面和鄰居男生玩棒球，讓灶神的菜一旁涼快。

當我有時去阿嬤舊北投的家拜訪灶神時，發現在我家大展雌風的灶神，變成了個小家碧玉，愛做各種家庭小料理，因為阿公不愛吃大菜，只喜歡台南小菜配紅露酒。

阿嬤的灶神會在靠鐵道的半露天廚房中，用風爐烤烏魚子，切成小片夾白蘿蔔片，

小鍋裡燉肉燥，澆在白飯上，要我在廚房外的菜園中現採地瓜葉，剁顆蒜炒一炒，順便給我一串烤香腸吃。

我很喜歡阿嬤的灶神在冬天時用米酒蒸甜糯米糕，米酒的香味飄來飄去，對小孩而言充滿早熟的禁忌，也喜歡清晨起來，灶神煎一片鹹魚配白飯，再喝一碗熱騰騰現煮的味噌豆腐湯。

等我長大後，才知道阿嬤的灶神不僅系出泉州和台南，還有和漢料理的日本血統，一直到今天，複雜的中日糾葛與兩岸情結都還在我的胃口中爭風吃醋。

從小，我就知道每家的灶神都遊歷四方、各顯神通，北投溫泉路老家附近住了不少媽媽的同事，每家都供有自己的灶神，那個年代，大家都住平房，灶神的滋味很容易出牆，我沿著各家的小巷中行走，一下子聞到曾老師家來自湖南的灶神在炒豆豉辣椒，想到她家灶神做的蒜苔湖南臘肉，我就流口水，還好我跟曾老師的女兒小毛是好朋友，我推開院子的門進去找她玩，往往就玩到晚餐桌上。

王老師家的灶神下起白菜水餃，也是很引誘人的，王老師的丈夫看到我，就會叫我進去一塊吃水餃，我學他口裡放一顆剝好的生蒜頭，再放一粒水餃，一咬辣得我流眼淚，我逞著強，連吃了十幾粒蒜頭連水餃，但王老師跟我同齡的兒子卻有山東大漢的豪情，可以一次吃五十粒水餃連蒜頭，只可惜那時電視上還沒有大胃王比賽。王老師家的灶神滋味媽媽最怕，每次我回家，媽媽都大聲小聲說我怎麼渾身大蒜味，不准我對著她的臉呼氣。

我一直對各家灶神的來歷興趣很大，促使我開始研究食譜，有如追蹤灶神的百家姓。長大後認識了個男朋友，去他家吃艾草糕、粉豆腐、鹹豬肉、梅干扣肉，經我考證，我認為他家的灶神恐怕來自客家，但男友否認，說他是江西興國人。他從小認定的客家人都來自新竹北埔、高雄美濃，但我只憑飲食就斷定他是客家人未免荒謬，我一再叫他回家問，終於他的父親說他的媽媽的確是江西客。灶神也許隱姓埋名，但灶神從來不說謊，每一家的滋味，灶神可都是記得清清楚楚，在灶神的世界裡，各家爐火上都供著祖宗八代的家譜。

童年回味

早年在中山北路上有家「美而廉」西餐廳，是一九六〇年代吃西餐的台北人的集體記憶。但我最記得的「美而廉」，卻不是在中山北路上，而是「美而廉」的分店，一家只有十坪不到的小店，設在新北投公園的邊上。

我迄今仍不明白，為什麼「美而廉」會在那裡開個小店，也許因為北投早年一直有比較多的美國觀光客，也一直住了比較多的外僑，像我家後山的威靈頓山莊，就住了不少駐防的美軍。

小「美而廉」開在那裡，賣咖啡、可可、蛋糕、西點、麵包、西式簡餐等，早上七點就開門，因此當我從溫泉路的家裡走下山，經過「美而廉」時，如果當時我口袋中有足夠的零用錢，便會進去喝一杯熱可可，外加一個新月形的小麵包，但當年的我，並不知道這樣的麵包叫「可頌」。

長大後，告訴友人這些事，朋友都不能置信，覺得當時才上小學三年級的我，怎麼就有膽一個人進小西餐廳吃早餐，而且還是在上學的途中臨時起意的。

也許我天生註定就是個愛吃的小鬼，而飲食之事也一直是我生活中很大的快樂來

增進地方風景建設

源。我還記得坐在小「美而廉」吧台的矮圓椅上，店裡的阿姨在我眼前泡熱可可，她會從Hershey的咖啡色方鐵罐中，舀出幾匙可可粉，放入白色的馬克杯中，先加點冷水，打勻了可可，再用熱牛奶沖泡，而為了讓熱可可香氣溢出，阿姨會用一長木匙不斷地在熱可可中打轉，讓可可起泡，喝起來時才又香又濃。

童年的我，雙手撐著下巴，愣愣地看著店裡的阿姨的舉止，無形之中也已經學會了美食之道。這杯熱可可，我都會細心品嚐，慢慢啜飲，絕不會大口喝盡，也因此，我常誤了學校朝會開始的時間。

為美食誤事，在我家是有家庭傳統的，有時還禍及他人。小的時候，爸媽管教十分不嚴，早上我只要賴床不想起床，爸媽很少會囉嗦，有時就讓我賴床至九、十點，才送我上學，到了學校後，爸媽便會向老師代我求情。

有一次，我又沒上第一堂課了，老師那天不知為了何事，竟然叫了一個姓楊的男同學到我家來叫我，但楊同學到時，正好父親那天在家中做大菜，烤了雞，還做了巧克力蛋糕，硬是要楊同學在我家吃完中飯才上學。結果，為了一頓美食，等我和楊同學到學校時，已經是下午兩點了。

我還記得踏進班上的那一剎那，老師不可置信的眼神。她沉默地看著我和楊同學，隔了一會才問楊同學：「我是叫你去帶韓良露早點來上學，怎麼連你都曠課了？」

這個楊同學，可是班上的模範生，但遇到我那荒唐老爸，也不免出了軌。直到今天，每當我想起這件童年荒唐事，都會發笑，但不知楊同學是否還記得在我們家吃的那頓西式午餐？說真的，那一天，爸爸做的巧克力蛋糕及香草冰淇淋都很不錯，而爸爸把兩者配在一起吃更出色。

美食在我的童年中，一直是一件大事，在一般家庭還很少外食的民國六十年代，我們家卻是一週至少兩次正式上餐館，而其餘的時間也常常上小餐廳、小館子。

有一家位於中山北路上的「香港西餐廳」，以上海式的西餐出名，有A、B、C三種餐單，A式全餐有酒、有前菜、沙拉、主菜、甜點、冰淇淋、茶或咖啡。這個份量對小孩是滿多的，但只要我們想吃，爸爸就會鼓勵我們吃A餐，甚至還可以嚐嚐那杯小小的、粉紅色的、有一粒紅色甜櫻桃的雞尾酒。（成年後我才知道南歐的小孩小時候也可以喝少少酒）。

「香港西餐廳」的味道很好，至今我仍記得他們做的奶油蘑菇湯、牛尾湯、洋蔥湯、蝦仁盅、牛舌冷盤、烤春雞、腓力小牛肉等。除了東西好吃外，「香港西餐廳」還有一奇景應是兒童不宜的，即從晚上八點半起，就會有一場脫衣舞表演，當客人一面專心用餐時，台上的舞孃就會寬衣解帶，跳起熱舞，脫至比基尼裝。

真是食色性也，通常只要燈一黑，舞孃一上場，我就會看爸媽有沒有在看脫衣舞，但奇怪的是他們似乎都不熱中此道，很少注視舞台，都在專心吃及講話聊天，反而是我們這些小孩目不轉睛地看著舞池。

有一次，當舞孃退場了，爸媽還在聊天，我溜到後台去看舞孃。下了舞台的她，並未穿好衣服，只是隨意地披了件襯衫，叉著腿坐在高腳圓椅上，正專心吃著西餐廳提供的甜點。

舞孃看到了我這個小妹妹，就對我招招手，我走近她，聞到強烈的汗水混合著香水的味道。那個味道，長大後，我才知道是香奈兒五號，就是瑪麗蓮夢露說她睡覺時唯一穿的東西。我好奇地看著舞孃，近距離看她，發現她的手上、腿上竟然有細細的毛，臉上靠嘴唇附近有一顆小痣。在此之前，我從未這麼近看從舞台上走下來的人，剛剛在舞台上的她，彷彿是一個不真實的人，但下了舞台，原來是個真實無比的人。

舞孃問我要不要吃她的甜點，其實才剛吃完Ａ餐的我，根本不餓，但我還是點點頭，她用她的碗從桌邊的盆裡盛了東西交給我。

那是我第一次吃奶油焦糖烤蘋果，還加了奇怪的褐色的粉，後來我問爸爸，他告訴我大概是肉桂粉。這個烤蘋果外面烤得焦焦的，中心軟軟甜甜的，十分好吃。

舞孃看著我，問：「好吃嗎？」我點頭，她臉上也浮起了滿意的笑容，她以充滿幸福的眼神注視著遠方，小聲的說：「這是這裡的小廚師特別替我做的，他是我的男朋友。」

我抬頭望著舞孃，那一剎那，我明白了一項美食的道理：為心愛的人做東西吃，和吃心愛的人為你做的東西，是人生的至福。

那天吃的奶油焦糖烤蘋果，至今仍是我常用來待客的甜點，而每一次做它、吃它，我都會想起那個脫衣舞孃的幸福眼神。但誰知道她和小廚師的戀情後來如何了？就像許多吃過我的奶油焦糖烤蘋果的人，如今又如何了呢？

除了烤蘋果的滋味，我也迷上了肉桂的味道。而爸爸告訴我中藥行會賣肉桂，後來我就常常一個人上中藥行，拿零用錢買曬乾的肉桂棒。當童年的同學都在嚼小美口香糖時，我的口香糖竟然是肉桂棒。我先是把肉桂棒放在嘴中舔，舔到幾乎沒味道時，再放入嘴中嚼，一根肉桂棒可以吃上半天。

有一次我帶著肉桂棒去「美而廉」，一邊喝熱可可，一面嚼肉桂棒，滋味棒透了，而當時的我，並不明白這樣的味道，幾十年後我會在義大利帕多瓦一家老式咖啡館中吃到，他們的熱可可上也灑了許多肉桂棒細屑粉。

我第一次約會的記憶，也和食物有關。當時我還很小，才小學五年級，竟然就談起兩小無猜的純純之愛了。

起先，是我每天上學打開書桌時，都會看到一朵剛摘的玫瑰花，但我知道這個花並不是買的，是偷摘的，因為我讀的北投中山國小（今天的逸仙國小），有個紅土網球操場，操場旁就有一個小小的玫瑰花園。

玫瑰花送了好久，都沒署名，我一一猜著班上的男同學，是誰送的花。那時，我其實也偷偷同時喜歡兩個男生，一個是斯文的班長，一個是活潑的籃球校隊。花會是哪一個人送的呢？我心裡想著，當時對兩個人的喜歡不相上下的我，也面臨了心中要決定「我希望是哪一個人送的」這件事了。

我一直猜不出來是誰，於是想到了，只要我捉到採花賊，就知道是誰送我花了，但一直很難早起的我，有一天拼命吩咐爸媽要早點叫我上學，搞得爸媽都覺得很奇怪，不知道我在搞什麼鬼。

我還記得那個清晨，空氣中飄浮著五月初夏的氣息，我躲在網球場後，終於看到了那個偷摘花的人。

當我出現在斯文的班長面前時，他嚇壞了，手裡拿著剛用刀片割下的玫瑰，怔怔地說不出話，這個一直是模範乖孩子的他，竟然為了我這個常在班上因為愛講話、上課吃東西而被老師責怪的壞小孩去偷摘花。

第一次約會，原本只是要去兒童樂園玩的，但玩了半天的我，想到百樂冰淇淋店離兒童樂園不遠，就興起了去吃冰淇淋的念頭。

我帶著男同學，從圓山的兒童樂園走到農安街口當時的「百樂冰淇淋店」，兩個人進去合吃了一客香蕉船和凍巧克力香蕉。

那天是我付的錢，因為我口袋中的零用錢一直不少，但我看得出來我的同學有些不安。後來，他請我去他家玩時，我才知道我們來自很不同的家庭：對我而言，吃喝是玩樂；對他而言，吃喝是生存。

新公園溜冰場

但我們還是交往下去了，他常常幫我做功課，我則帶他到處玩。直到有一天，我在他家做功課，要回家時，下起雨來，他媽媽說要送我，就和我一起走了。

在雨中，他媽媽突然跟我說，她希望我不要再和他來往了，因為我們是太不同的人，她有些哀傷的說，有些事我還小，不會懂，但長大了就會明白。她說，就好像我是有傘的人（其實那天晚上，我沒傘），她的小孩是沒傘的人，當下雨時，如果他不躲雨，還要跟我在一起，擠進我的傘中，只會淋到更多的雨。因為，兩個人撐一把傘，總是有一個人會淋到較多的雨。

後來，我就不能再到他家去玩了，他家人也不准他再和我出去玩。在學校看到他時，他看起來很不快樂。

但天性活潑開朗的我，卻很快就忘記了這件事，我後來也進了籃球校隊，就和原本也喜歡的打籃球男孩開始交往。

隔了許多年之後，有一個下雨的晚上，我走進了仁愛圓環當時剛開幕的「雙聖冰淇淋店」，看到了他們也賣凍巧克力香蕉，我坐下來，吃了一根凍香蕉後，又叫了香蕉船。當時，我突然想起我的第一次約會。歲月匆匆，人事多變，當時的我，也正面臨感情的困擾，和一個很不合適的男人在一塊。

吃完了香蕉船，我也下定了決心，決定該分手了。沒想到甜蜜的冰淇淋，竟會讓我做出如此苦澀的決定。

山兒童樂園
股份有限公司
MUNICIPAL CHUNG

年味往事

常常覺得自己的童年挺幸福的，因為有不少值得懷念的往事。

像過年這件事，在一九六五年代到一九七五年代的台灣，仍然是社會開始富裕、人們手中有了餘錢卻還有閒的年頭，因此過年就成了大事，也自然有許多好玩的事。

當年我最喜歡的事，是拿著米及糖去我所居住的舊北投鎮上的農家，由他們用石磨春米，再把米漿製成甜年糕，農家只收加工的費用，但不必負擔米及糖的原料費，可見得那是個多麼單純的時代，這種由手工製成的最簡單的年糕，用油煎一煎，就比後來吃過的各種花俏年糕都還可口。

在過了冬至到立春期間，爸爸就會在家中自己做甜酒釀，先炊米再把熟飯加糖置於陶缸中，做出的糯米甘酒釀是除夕晚上守夜時的宵食，吃法是在飯碗中打一顆鮮雞蛋，然後把加水溫熱的酒釀湯沖入碗中，酒釀加熱不可用大火滾沸，以免香氣消失，雞蛋不用煮而用沖的，是為了吃蛋花潤滑的口感。

爸爸有個老友叫老夏，每年過年前一定會上門拜訪，也一定會留下自製的香腸及臘肉，我年年吃老夏的臘味，也不知多珍貴，但有一年年夜飯卻不見桌上有常見的臘味，才知道爸爸的老友不在了，真是叫人感傷的年味。

爸爸在壯年時，從我小時候到青年，差不多有十幾年的時間，大年初一的早上，在小孩子們醒過來、但還沒下床前，都會給我們吃一碗甜湯，說下床前吃保一年平安。當年覺得沒什麼道理，不過是紅棗桂圓蓮子湯嘛！但爸爸卻挺認真的做這件事，而且在大年初一前幾天，就會看到他坐在餐桌前，把買回來的乾蓮子挑心去苦味，桂圓也是買帶殼帶籽的自己剝福圓皮，紅棗也會小心翼翼的去籽，爸爸做這些事的身影，留在我記憶深處，但直到自己年齡大了，才懂得願意做這件事的人，不僅要有閒情逸致，還要有堅持把某種傳統留給孩子的愛心。

大年初一，不管我幾點起來，爸爸的甜湯一定燉好了，因為爸爸一定清晨五、六點就起來燉甜湯，為的就是讓我們下床前喝到他親手做的湯，也年年聽他說他小時候在江蘇老家時，他媽媽（就是我們從未見過面的祖母）在年初一時一定會在他下床前，餵他一碗紅棗桂圓蓮子，這些孩童時並不太懂得的事，如今年紀大了，一回想就會眼眶發熱，爸爸的年味，是親情之味，也是異鄉遊子思念的年味。

除了爸爸懷念的年味外，我還記得阿嬤的年味，阿嬤是台南人，祖上泉州，來台已經五代了，阿嬤的父親是漢學家，十分尊崇古禮，而阿嬤自小讀詩書，對傳統的飲食文化也特別講究。

阿嬤在過年前就會開始做起紅龜粿，在年節時用來祭天拜地，求神明賜長壽，還會自己搓金銀圓（就是紅色白色的糯米湯圓），金銀圓的意義自然是討吉利，求來年財運順利，金銀圓會加在煮好的紅豆湯裡一起吃，紅豆則有驅邪的功能，這是台灣的古禮，據說源自中國遠古的周代。

我最喜歡阿嬤的年味，是在大年初一晚上吃的米酒煮桂圓糯米粥，米酒的香味對小孩來說很刺激，黏黏甜甜的糯米粥，吃了全身暖和，阿嬤說吃了這道食物，未來一整年又香又甜的日子才會黏在人身上。

不管是爸爸的年味或阿嬤的年味，都成了我記憶中的幸福滋味，讓我如今都會期待過年，也期待這樣的滋味能伴著我走過一年又一年的歲月。

爸爸的暖爐會

台北曾經是比今日要冷許多的地方，根據清朝的文獻記載，台北盆地在冬日大寒時會下薄雪，大地也會凍出冰裂紋，但那樣的景象我從未見過，從我有記憶以來，台北早就不下雪了，但過往的冬天卻比現在寒冷許多，記得童年冬日上小學時，都得戴帽戴手套，走在路上每呼出的一口氣都會結成白霧，清晨的街道，常常見到巨大的白絲般冷空氣像浮雲般飄盪。

在那樣的冬日，每一年家中都會有個特殊的日子，是爸爸邀請一起跟他到台灣的家鄉親友，幾十個人在過年前找一天團聚，因為人多，每次都會起個暖爐吃火鍋喝白酒，談談家鄉舊事。當年還十分年幼的我，總不懂有的大人為什麼會說說話後就涕泗縱橫，但之後卻又立即大塊吃肉大口喝酒，這些人總是紅著眼眶，也不知是酒還是淚水的原因。

每年一期一會的冬日暖爐會，成了爸爸壯年時重大的生命情境，記得我上小學五年級時，有一回爸爸帶我到住家附近的小山坡上，指著一頭黑色的山羊，說他已經訂好了這頭羊，那隻山羊的身影一直記在我的腦海裡，那一年深冬，家中來了幾十個叔叔伯伯嬸嬸阿姨，家裡開了好幾鍋，還請了人在廚房中專門切羊肉，那一天大人吃涮羊肉吃得不亦樂乎，但記得那隻山羊的我卻一口肉也沒吃。

一直不太明白爸爸為什麼年年要辦暖爐會，也因為小，也沒注意到參加的親友們從我上了中學後就慢慢在減少，剛開始減少的人很少，每三、五年會聽到老王走了、老張走了之類的話，但等爸爸六十歲之後，爸爸的長輩突然大幅減少，三伯不在了，五叔不在了，老陳不在了……從幾十個人參加的暖爐會，慢慢變成二十幾人，又變成十幾人，暖爐會吃的火鍋，也從涮羊肉鍋到比較簡單的酸菜白肉鍋。爸爸七十幾歲後體力變差，暖爐會也改成吃更簡單的家庭火鍋，從前這些大口喝高粱的漢子也都改成喝小酒，也不再見到有人會一邊談家鄉事一邊掉眼淚的，親友中也有人回了大陸老家居住，兩岸跑來跑去的人都成了家鄉新聞舊事的報馬仔。

我在三十多歲後，逐漸關心起爸爸暖爐會人丁凋零這回事了，會每年帶好吃的自製香腸的老夏去了，我愛吃的香腸滋味也從此消逝了，愛說笑話的四叔也走了，聚會時似乎笑聲也減少了一些，每一年暖爐會的人越來越少，也有住在南部的爸爸老友身體不好，沒辦法在冬天北上了，也有人住進了安養中心。

爸爸八十歲後，暖爐會只剩下七、八人，然後年年減少，前年走一人，去年又走了一人，今年又走了一人，聚會時只剩下了五人，但這些老人，一生和老友年年至少相聚一次，卻越老越像年輕人，聚在一起玩家鄉紙牌的他們，竟然可以玩到半夜三、四點，第二天早上九點起來吃完早餐又繼續玩，我雖然十分擔心他們，希望他們保重身體，卻又不忍強力阻止這些都已經八十多歲的老人們，做他們青春時期曾瘋狂做過的事。

爸爸的暖爐會，教給我許多生命的道理，關於時間的流逝，人情的可貴，歲月的無奈，友情的長存，在寒冷的日子裡，爸爸用火爐持續點燃著他對家鄉和親友的愛。

也許因為受爸爸暖爐會的影響，我在倫敦旅居時，也會在家中辦暖爐會，倫敦的冬日偶爾會下雪，下雪時節最常在一月下旬，我也多選那個時候在家裡準備火鍋，在倫敦吃火鍋是很奢侈的事，因為唐人街的中餐館根本不敢賣火鍋，深怕外國人不小心燙傷了舌頭或喉嚨，會要求重金賠償。

我準備的火鍋，都用倫敦買得到的長條白蘿蔔熬湯底，冬日蘿蔔很甜，熬出的清湯，先來涮魚片，用的是英國人炸魚用的各種鰈魚片、比目魚片，好吃得很，吃完了魚片後，再下自製的蝦丸（買蝦子回來，剝蝦、捶蝦泥），之後再下薄切的沙朗牛肉片，等吃了七、八分飽後，再下荷蘭進口的菠菜和大白菜，最後用高湯底下一隻切成八大件的螃蟹加白飯來熬螃蟹滾粥。

我的冬日暖爐火鍋會，深受台灣來的、中國來的、西班牙來的、法國來的友人歡迎，當然我的火鍋是沒火的，用的是電磁爐；但同樣的暖爐會請英國人或美國人就沒那麼賓主盡歡，後來我才發現原因有二，一是英美人根本沒吃火鍋的習慣，但法國人卻告訴我，他們有種國民冬日家庭菜叫Pot-Au-Feu，正是用蕪菁、胡蘿蔔、大蔥、牛肩肉、牛骨髓慢燉的熱鍋菜，而類似的做法，在西班牙就成了cocido，馬德里還有家百年老店叫Bodin，就專門賣這種熱湯滾滾的陶鍋，怪不得我請法國人及西班牙人吃火鍋，他們都不會燙到舌頭。

另一種因素可能和英美人不習慣共食，吃中國菜可以用公筷分食，吃火鍋用公匙卻不方便，實在會讓英美人吃得太辛苦，但法國、西班牙、拉丁人卻不怕共食。

在倫敦居住了五年，不知是否因為暖爐會的因素，我交到的好朋友，竟然大多是一起吃過火鍋的西班牙友人瑞美、安東尼、荷西、蘇菲亞，以及法國友人伊莎貝、安德烈、米榭兒、提里埃，難道因為敢一起共食火鍋而吃過彼此的口水嗎？還是因為寒冷冬日圍聚在一起吃鍋，容易培養出親人般的溫情。

回台灣後，我曾在千禧年去馬德里找瑞美，和她一起去百年老店吃西班牙火鍋，她還約了幾個朋友一起前往，雖然是陌生人，但大家一坐下來大口吃肉大口喝湯，再加上西班牙里歐哈紅酒的助興，才吃了兩小時火鍋的我們彷彿就成了認識二十年的老友般熱絡，之後還勾肩搭背在太陽門附近的小巷中溜躂，找深夜的小店喝熱巧克力。

我也去米榭兒位於法國中部奧萬尼地區的老家，她媽媽用鄉間的食材做了農人冬日最常吃的波豆福Pot-Au-Feu暖爐配鄉村麵包和鄉村乳酪，米榭兒的媽媽讓我想到了過世已久的阿嬤，她們都是擅用一雙巧手，把最常見的食材變成家庭美味的人。

我這一生吃過的盛宴無數，但只有暖爐會似乎最容易打動我的心靈，讓我強烈的感覺到人與人共食的親密與溫暖，從父親一期一會的暖爐到與我一起分享過暖爐的外國友人，這些暖爐會的記憶，從一期一會的記憶，轉化成維繫一生一世的情感友誼，寒冷的冬日，不管下雪或不下雪，暖爐點燃了、溫暖了我們的心爐。

爸爸的榴槤

有一回到家樂福逛，看到泰國進口的榴槤大賤賣，堆成小丘似的金果王，碩大一顆才兩百元，我一向嗜吃榴槤，於是就扛了一大顆回家解饞。

晚上在家吃榴槤時，想到了爸爸的一則榴槤奇事，說給外子聽，外子直呼荒唐。

故事是這樣的，我爸爸穿衣可以省得，但對於珍奇異味的美食卻十分捨得。話說五十多年前，他在北投一家中藥房，看到了店家在賣一個長得十分奇怪的水果，表面長硬刺，身軀大如籃球。現在的人一看就知道是榴槤，但當時卻少有人知，我爸向來對食物好奇不已，當下就問店主此物可賣乎，店主說是親戚送的非賣品，但如果肯出高價亦可賣出。

我爸爸竟然如買稀世珍寶般地，應了店主的開價，付了一千元，把榴槤搬回家。但當他用大刀割開了榴槤的硬殼後，卻聞到一股異臭，我爸忍住臭味，嘗了一口榴槤，更覺得噁心，於是，就把一千元的榴槤給扔了。之後，他去找賣榴槤的店家理論，人家才說榴槤本來就是這樣的味道，他吃不慣，怨不得人。

於是，我爸只好認了自己愚蠢的揮霍。究竟當時的一千元是多少錢呢？我在大學時，第一次聽爸爸說起這件荒唐事時，我最關心的就是他上的當值多少錢，但爸爸一直不肯說，最後是媽媽說，她還在小學教書時，那時一個月的薪水大約是八百元。天哪！原來糊塗老爸竟然花了別人一個多月的薪水，買下他根本不敢吃的東西。

老爸所謂「榴槤是臭」的說法，在我二十初頭第一次遊新加坡後就被我推翻了。當時我正走過牛車水，看到路邊堆成小山的水果時，立刻就聞到了一股奇香，我尋香前往，叫攤主剖開一顆，吃到嘴中，豐腴滑軟，香味撲鼻，立刻使我迷醉其中。

後來才知道，人分兩種，一種人覺得榴槤臭，一種人覺得榴槤香，而我剛好是後者。如果當年爸爸也叫我嚐一口榴槤，也許就不會白白扔掉了奇貨，而我跟榴槤的定情，也可早個三十多年。

小的時候，雖然沒吃到昂貴不已的榴槤，但吃到的昂貴東西還真不少，但許多昂貴滋味，當年還是小孩的我，並不知道吃入口中的東西有多貴，就像現在有的小孩吃魚翅、鮑魚、燕窩如家常便飯，有時思及早年入口的金銀，都不免慚愧起來。

記憶中在北投的家裡，一直有個專門的舶來品間，裡面堆放了很多木箱子，木箱子上還會有海關的封條。原來，我爸爸最喜歡去基隆海關批洋貨，跟他一同競價的人，絕大部分都是在基隆、台北開舶來品店的老板，只有我爸爸是非職業者，只為家中的食品間進貨。

於是，我們家的舶來品間中，就有了一箱一箱的美國蘋果、日本水梨、瑞士巧克

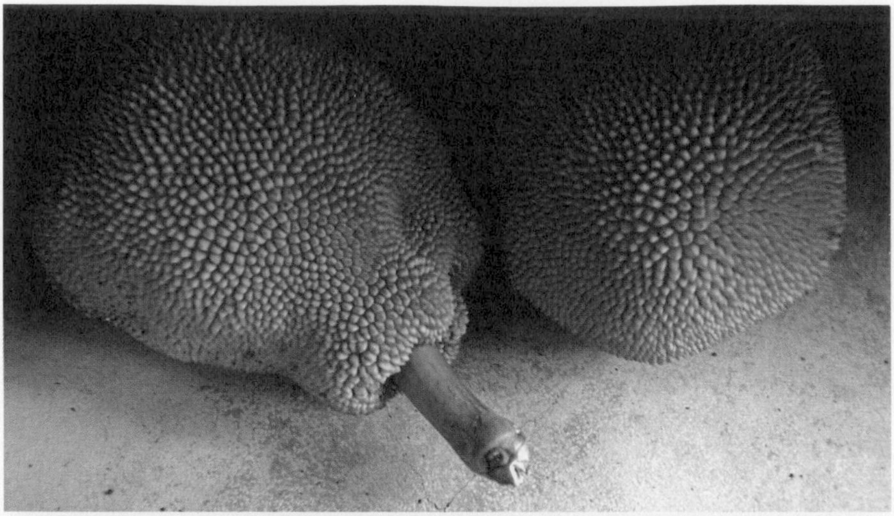

力，再加上各式可可、火腿、橘子汁、罐頭等。除了食品外，還有搖控汽車、火車、飛機等奇怪的玩具。

這些東西，等到我長大後，才知道是多麼昂貴的東西，但小的時候，因為天天看，根本不知道稀奇。後來中學時，看黃春明的小說，讀到〈蘋果的滋味〉時，更是百感交集，才想到小的時候，幾乎天天到舶來品間中去拿蘋果、水梨、巧克力吃，有同學到家裡來玩時，也會帶著小朋友去舶來品間，任他們吃個夠。而不管我們怎麼拿，舶來品間的東西永遠不會缺貨，彷彿像一個聚寶盆般。

看了黃春明的小說後，我才追問爸爸當年那些進口蘋果、水梨要多少錢，爸爸才說在市面上大約一顆五十元，他大批入貨，也要三十元左右。

真是昂貴啊！當年一碗陽春麵才一元，但奇怪的是，現在陽春麵要賣三、四十元，但進口蘋果、水梨卻也還是三、四十元，相對於物價指數，這些進口貨真是大跌價。

昂貴的滋味，其實是不經久的，只是一時市場供求的效應，像現在被當成一口千金的鮪魚肚，在二次大戰前還是下等貨，當時高級的料亭在處理鮪魚時，鮪魚肚是扔掉給貓吃的東西，誰知如今卻變成生魚片中最上品，真是鮪魚風水輪流轉。

因為有父親的教訓，長大後我對昂貴的滋味一直戒慎小心，經常提醒自己只可淺嚐，不可沉溺。例如，我相當愛吃由黑棘海膽殼挖出的五瓣生海膽，就規定自己，一年之中，只可在春夏之際盛產時品嚐數回。

但有一次看國家地理頻道，看到嗜吃海膽的海獅，會用石頭敲碎海膽殼，然後掏出金黃的海膽泥大吃起來，每一次都要吃上好幾個，真令人羨慕啊！當下，我想暫時變成海獅，但也怕自己太愛吃生海膽，下輩子投胎時，不小心投成了海獅。

爸爸的蕎頭

爸爸打電話給我，說他醃了四個月的蕎頭可以開封了，叫我回家去吃。

週末回家，我嚐了剛從罐子裡拿出的蕎頭，味道鮮美極了。比去年、前年的都好吃，我告訴爸爸，他高興地笑了。我在心裡暗自想著，因為弟弟要回國了，今年爸爸的心情特別好，怪不得會醃出那麼好的蕎頭。

我經常下廚，深知做菜人的心情會反映在做的食物上，因此烹飪之道的高級境界如同修行。好的職業廚師或家廚，都要有靜心忘我的精神，一旦做菜，只能將全心放在對食物的喜愛上，不可將世間的起伏情緒發洩在做菜上。

這個道理說來容易，但做來甚難。人在興高采烈時，做菜即使不專心，做出的食物仍會有著喜悅感，即使有所疏失，仍有可口之處；最糟的就是心情低沉或惡劣時，做出來的菜一定會變成很不可口，因為壞情緒都跑到食物中去了。

像有一回下午，我有事不開心，傍晚在家做菜，晚上外子回家吃飯時，才吃了幾口，便放下筷子，問我是不是有什麼不愉快。真準，從此我再也不在生氣時做菜了。

我爸爸好吃、又好做，他自己則說，比好吃懶做的人缺點少了一半。從小，他就愛在家做菜，一直到今天，他已經八十多歲了，還是常常下廚。

爸爸對吃很講究，也影響了我和妹妹。好在我和妹妹都會舞文弄墨，因此，在貪吃之餘，還能寫些心得，也算有點邊際效用了。

爸爸經常做菜，中西菜都行。中菜他最擅長上海菜，紅燒黃魚、冰糖甲魚是兩絕。有一次，爸爸不知去哪裡買回了一隻大甲魚，養在後院的缸中吐了兩天的沙，之後就做了紅燒冰糖甲魚。當時的我，也不知哪來的勇氣，竟敢吃長成烏龜形狀的「魚」。像我媽就拒吃，但我閉眼吃下的甲魚裙帶，那種濃稠豐厚的膠質口感，過了幾十年了，依然歷歷在「嘴」中。

爸爸也擅長做上海式西餐。凡我生日，他就會叫我邀請十幾位同學，大家圍坐在客廳中，看他端出一份一份的西式自助餐，讓許多沒吃過西餐的同學大開眼界。

我常想爸爸為我做生日，固然是想讓我高興，但他也是為自己高興，他實在太愛做吃的東西了，因此常常要找理由請客，好施展手藝。等我長大後，也發現自己有同樣的毛病，在台北時還好，請客多是邀請熟識的朋友，但我在倫敦期間，常常沒事就宴請十來人，但有時做了菜之後，我卻只想躲在廚房中，因為請來的客人實在太不熟了。這種喜歡為他人做吃的東西，是一種膨脹的母性吧！

爸爸講究吃，自然也好評論飲食之道。小的時候和爸爸上餐館，席間就會聽他說哪些菜做得好、哪些做得差，長久下來，我和妹妹也不免學會說真話的餐桌評論儀式。

但在餐桌上是不宜說真話的，要說，也要下了餐桌才可以說，而且絕不能當著做菜的師父說。

明白這樣的道理時，我和妹妹已經不知傷了多少次爸爸的心。

小的時候，便覺得爸爸的菜，即使不是天下最好吃的，但也算很好吃。但稍稍長大後，吃多見廣的我，不免開始覺得父親做的菜只是中上而已。

離家外住後，每逢週末回家，爸爸一定會下廚做他的拿手菜，我和妹妹都會照實品評一番，說哪樣菜好、哪樣菜不好。

但有一陣子，爸爸的菜越做越糟。批評了幾次後，我們都住嘴了，而那時，我們也發現爸爸做菜的心情沒有了。

原來，做菜如內心的鏡子，隨時可以反映出做菜的人的心情。當爸爸察覺我們已經不太愛吃他的菜時，他也無心做菜了。

好在，過了不久後，在國外工作的弟弟回家探親。弟弟回來的那個週末，爸爸的菜又突然變好吃了，因為他知道久居國外的弟弟，在期待他許久沒吃到的家鄉味。

如今，每當我回家吃飯時，一定不會再在餐桌上批評東批評西的，我會準備著一顆期待的心，而奇怪的是，當我開始這樣想後，爸爸的手藝也就恢復了原先的水準。

雖然，爸爸的味道，並非是天下最佳的，但仍是唯一的，因為那就是爸爸的味道。

阿嬤的盛宴

小學時，有一陣子因為我調皮難管加上媽媽剛生下弟弟，被爸媽送到了阿嬤家去住。但我的放逐並不遙遠，阿嬤家在舊北投的鐵道支線附近，離位於新北投半山上的爸媽家，走路只要二十多分鐘。

我雖然住到阿嬤家，但每隔一兩天，都會跟著阿嬤到爸媽家去。阿嬤如此勤於探望女兒，不為別的，全是給女兒送吃的東西去。

我爸爸是江浙男人，特別喜歡霸占廚房。家中雖然已有管家的陶媽媽燒得一手很好的汕頭菜，但爸爸仍愛在廚房中鑽進鑽出，做他口碑極佳的江浙菜和上海西餐。

媽媽其實是吃得很好的，但阿嬤卻不覺得，因為媽媽自己不下廚，因此吃不到阿嬤愛吃、愛做的那些台式小吃。於是，給媽媽送好吃的東西去，成了阿嬤生活中十分重要的事。

從阿嬤家到爸媽家要經過北投市場，那裡像是阿嬤的屬地，幾乎每一個賣菜、賣吃的小販都認識阿嬤。我們一路經過，每個人都跟阿嬤打招呼，阿嬤也會跟我介紹他們的特色，哪家的蝦仁肉羹、排骨羹最好，哪家的蚵仔麵線的大腸頭滷得最爛，哪家桂圓米糕桂圓給的多，阿嬤如數家珍後，便會隨我的意，挑一家攤子吃喝起來，之後才去採買阿嬤準備做給媽媽吃的各種食材。

阿嬤的廚房中，每天都會有一道特別的菜色在爐上燉，像紅燒鰻羹、當歸鴨、烏骨雞湯、清燉豬腳、佛跳牆、羊肉爐、豆簽羹、麵線糊等，這些東西不光是為媽媽準備的，也是為阿公的宵夜準備。

我在阿嬤家的那一陣子，剛好是阿公在外頭交了女朋友的時候，阿嬤還曾給我看過她寫的一封警告外面女人的信。阿嬤的信的內容雖然粗魯，用詞卻很文雅，使得那封信變得很奇怪。

阿嬤雖是日據時代的人，但因為父親是漢學家，在當時相當罕見地念到嘉義高女，因此會讀會寫。但聰明的阿嬤選丈夫卻很愚蠢，她推掉了門當戶對的婚事，堅持下嫁素有浪蕩子之名的阿公。

浪蕩子結了婚還是浪蕩子，阿公一生女人緣不斷，連六十出頭時，都還有女人看上他。但阿公儘管在外頭風流，晚上都還會回家吃宵夜，據說是因為阿嬤的手藝很好，拴住了他的胃，等於拴住了他的人。

不知道阿嬤是不是真的因為想用飲食拴住阿公浪蕩的心，因此特別研究飲食之道，還是阿嬤內心寂寞，所以把愛都給了食物；也因此，阿嬤表達愛的方式會用給吃的東西來表示。

阿嬤的手藝極佳，我常常在她的廚房中看她如何做菜。她用料十分捨得，完全像電影《芭比的盛宴》的芭比一樣，廚房裡永遠豐盛擺著她從迪化街買來的各式乾貨，那個時代很少人用的乾鮑、干貝、大花菇等山珍海味，都是阿嬤的家常備料。

阿嬤會買上好的鯖魚、旗魚來炒魚鬆，炒時撲鼻的香味，讓阿嬤家前都圍了一群貓，阿嬤會告訴我，用新鮮上好的魚肉炒鬆，才不會像市場上賣的有腥臊味。我也看過阿嬤買新鮮的烏魚子，回家自己曬晾、醃製，之後會用日本清酒浸一下醃製好的烏魚子才拿去煎，阿嬤的烏魚子表面微焦、中心如糖心般Q軟、不帶一絲腥氣。

阿嬤為美食花的心思極多，我曾跟著她從北投坐火車到關渡站，下站後還要回頭走，沿著稻田的堤防及一處處水塭，來到養鴨人家。阿嬤會跟他們買冬天醃足了四十天的紅心鴨蛋，阿嬤不肯在關渡宮前買，要費那麼大的勁上農家，那是因為她知道農家會把最好的留給自己吃，而阿嬤就是要跟他們買最好的。

阿嬤愛做也愛吃別人做的，就像武林中人一樣；高人都有自己的秘笈，阿嬤喜歡四處採訪飲食高人。我都不知道阿嬤是如何知道哪裡有好吃的東西，在阿嬤那個時代，根本沒有所謂的大眾傳播媒體的美食情報，而我也從未看過人們相聚時口耳相傳哪裡有好吃的東西。

那個時代，飲食如性愛，都是很秘密的私人之事，人們不作興掛在嘴上討論。究竟阿嬤是如何對各地吃食熟門熟路的，我至今仍未明白。

每當我回憶起阿嬤帶我去吃的各地吃食，有許多都是到今天變得十分有名的老字號食肆，但也有一些因時代的變遷而消逝了。

像今天已經不在的龍山寺前的龍山商場，對著廟口有一家賣燙魷魚的，是阿嬤每次去都會光顧的店家。那家的魷魚燙得火候剛好，口感又脆又有勁，沾上自製的五味佐料醬汁，好吃極了。有一次阿嬤曾小聲跟我說，她已經學會了怎麼調製這家的沾醬。

從燙魷魚攤往後走，有一家聞名的鱔魚意麵店，也是阿嬤的愛店之一。因為鱔魚意麵是台南夜市「沙卡里巴」的名產，阿嬤是台南市人，在吃鱔魚意麵時，阿嬤就會跟我絮絮叨叨地說這家的鱔魚意麵比不上「沙卡里巴」的。我從小聽到大，聽她說「沙卡里巴」的小吃多好吃，直到我念高三時，從台北轉學去台南女中，第一次在「沙卡里巴」吃鱔魚麵，才懂得阿嬤說的有道理。但不管是「沙卡里巴」或龍山寺的美味鱔魚麵，現在都已消逝或變味了，就像阿嬤也早就離開人間了，可是回想起從前種種，卻仍然有些味道不曾消逝。

阿嬤也喜歡到基隆去，除了到廟口喝碗鼎邊趖、再吃碗「紀豬腳」，最後吃天婦羅，飽食一頓後，再上「李鵠餅店」買台式喜餅。在那個時代，太陽餅要到台中買，豆干要上大溪買，每一家的東西都是原廠原址賣，當然沒有今天方便，但好像買到的東西都比今天好吃，也許是多了一份珍惜之心吧！對人、對食物都一樣，因為難得、因為珍惜，所以更歡喜。今天超市、連鎖店買名產的方便，就像網路時代的愛情一樣，得了方便，卻失去了初心。

阿嬤原本是拜偶像的，但後來卻突然改信基督教。阿嬤大動作改變信仰，她把家中的各式佛像通通帶到後院去燒掉了，看得我膽顫心驚，從這一面，我也看出阿嬤決絕的性格。

後來才聽說阿嬤改信基督教，是因為她的美食再也拴不住阿公的心了，阿公終於有一晚不再回家吃宵夜了。阿嬤一急，便聽從了北投長老教會潘牧師的建議，要她向耶穌祈禱要阿公回頭。後來，阿公真的回頭了，也不知道是耶穌顯靈，還是潘牧師一再勸導，還是我媽說的——外面的女人厭煩了阿公，覺得他太不好伺候，天天要吃宵夜，還挑剔東西不好吃。

總之，阿公回家了。為了感謝基督，阿嬤演出了那一幕火燒神像。面對回來的阿公，阿嬤不計前嫌，還是天天為他準備宵夜。而那一陣子，阿嬤的宵夜特別講究，有鹹有甜，吃完紅燒鰻魚飯後，還有紅豆圓子湯。

從此信基督的阿嬤，又多了一個地方展現她的手藝及付出她的愛心。每週日的禮拜後，教會有個聚會，就成了阿嬤的每週大事，阿嬤做禮拜兼做外燴，炒米粉、春餅、排骨酥湯、肉圓……都是她常送去的東西。

那一年夏天，阿嬤送我去參加教會的夏令營，地點在關渡的基督書院。夏令營結束的那一晚，為學員舉辦了歡送會，阿嬤來接我時，帶了十幾隻西門町鴨肉扁的剁骨鵝肉，給大家加菜。那天晚上，阿嬤送來的鵝肉是席間大家最愛吃的東西，尤其是我，經過了一週難吃得要死的大鍋伙食後，我真覺得吃到嘴中的鵝肉美味極了，有如天堂的滋味。

當時我並不知道，阿嬤的這番大手筆要花多少錢，也不知道阿嬤每天為媽媽、阿公以及我準備的山珍海味要多少錢，等我知道時，阿嬤已經欠下不少高利貸的錢。原來說「吃穿不窮」是假的，不事生產的阿公，當然沒錢讓阿嬤維持美食水準。阿嬤的高利貸由媽媽代還了。後來媽媽告訴我，阿嬤的東西雖然好吃，但其實很貴。

每當我回想起阿嬤為大家做的那些美味，以及她帶我吃遍的各地台灣小吃，都有一種百般交雜的感覺，對我來說阿嬤的滋味，既美好又苦澀。

阿嬤的大紅食物

春天來了，上山時看到沿路一叢叢紅艷的山櫻花，不禁想起了童年的往事。那一年，新北投溫泉路家旁的山櫻開得特別茂盛，如緋紅雲霞的繁花，宣告了早春的鬧意。阿嬤看了興起，在樹下鋪了塊白布，要我輕輕地幌動樹枝，粉紅的花絮飛落，阿嬤收集好花瓣，用糖醃漬後，包在麻糬內，做成了很特別的粉紅色的山櫻花麻糬。

阿嬤包好自製的麻糬，和我沿著溫泉路下山，到老北投的菜市口，和擺攤的老伯伯買紅龜，看到阿嬤買紅龜，我就知道待會要去關渡宮拜拜了，阿嬤總說神喜歡紅色的食物，這點不知阿嬤是怎麼知道的，但不管神喜不喜歡，我很喜歡吃紅龜，在神還沒吃之前，我就會先把阿嬤買給我的紅龜吃掉，接著再吃一碗摻了紅白小湯圓的紅豆湯。

坐上北淡線的火車，在關渡下站，阿嬤不會急著上關渡宮，她會沿著河堤走，去堤邊熟識的養鴨人家買冬天醃足了四十天的紅仁鹹鴨蛋，阿嬤撥開剛蒸好還溫熱的蛋黃，教我分辨好的紅仁的顏色應當是桃紅色的，不可以像紅龜那麼紅，那就表示鴨子吃了色素，也不能買淺紅色的，表示鴨子吃的不是淡水河漲潮時，海水倒流進關渡所帶來的魚蝦，而是飼料。

阿嬤買了一袋正字標記的關渡潮起潮落養大的鴨子的鴨蛋後，我們就去關渡宮上香，廟裡果然到處是紅色，紅布帳、紅桌布、紅燭、紅燈、紅燈籠、紅木桌椅、紅紙、還有紅臉的神像，以及供桌上放著各式紅色的食物；原來神住在紅色的世界中，阿嬤上好香，拿起紅色新月形狀的木頭搖爻，唸唸有詞後往地下一扔，之後抽了個木籤，到師父那兒拿了張紅字條，才心滿意足地離開。

阿嬤拜完了廟裡的神還不夠，還拜家裡神桌上的神，在關渡宮門前，有些淡水來的魚販賣著海鮮，阿嬤總愛買紅目鰱、赤鯮之類的紅魚，也買一些開水燙後會變紅的透抽，當天晚上，阿嬤會乾煎、清燙好這些魚鮮，在神桌上放一會，然後拿下桌給我們吃，阿嬤說吃拜過神的食物對身體會很好，因此阿嬤不管買什麼，都會先放在神桌上供一供，又因為阿嬤覺得紅色的食物討神的歡喜，因此阿嬤總喜歡買楊紅色的蓮霧、橘紅色的柿子和嫣紅色的荔枝，連豬肉都要染上紅紅的顏色。

後來我才知道阿嬤做的紅色豬肉有兩種，一種是用紅糟滷過，另一種是用紅糟略醃後去炸來吃，我喜歡吃後者，尤其喜歡阿嬤帶我去龍山寺上香後，一定會去的廣州街周記吃肉粥配炸紅燒肉，之後再去青草巷喝紅紅的洛神花涼茶。

有一年夏天，阿嬤帶我坐上長途火車去台南看她的老家，那是我第一次喝到用紅心木瓜打的六百CC的木瓜牛奶，在台南的日子，我幾乎天天喝一杯，阿嬤帶我去吃各種她愛吃的小食，去當時還不那麼有名的黑橋牌買現烤的暗紅色的肉乾和香腸，去阿霞飯店吃紅蟳米糕，去莉莉冰果室吃員林來的現切青紅蕃茄沾薑糖醬油膏，去台南擔仔麵吃麵，也吃黑白切的暗紅色滷豬肝和粉紅色的肉腸。

回台北不久後，阿嬤改信基督，阿嬤家中從此沒有了神壇和供桌，也不必再拿食物拜神了，但奇怪的是，阿嬤並沒有因此少買紅色的食物，大概是人吃慣了神愛吃的紅色食物後，一時也改不了，阿嬤還是買紅色的魚、紅色的水果、紅色的橄欖蜜餞、關渡的紅心鴨蛋、竹山的紅心蕃薯、埔里的紅甘蔗，但唯一不買的是紅龜了，是不是只有紅龜，會讓阿嬤想起她背叛的神？

阿嬤不用拿食物去廟裡拜神，但每個禮拜天，她去做禮拜時，還是會帶食物去奉獻，只是這些食物不是給基督吃的，阿嬤會說基督不是偶像，不必吃人吃的東西，阿嬤帶去的食物是和教友一起分享的聖餐，阿嬤改信，我也只好跟著換地方去玩，一直到今日，廟和教堂對我都是一樣好玩的地方，也都因此有好吃的東西。

每當阿嬤包著各式食物要帶我去教堂時，我都忍不住會去看看裡面有沒有以前她信的神愛吃的東西，紅龜當然從沒出現，但其他的東西都有，八月官田的紅菱上市時，阿嬤一定會煮一大袋，而紅菱的形狀總會讓我想起廟裡的暗紅色的搖筊，但我從來不說，免得阿嬤以後不買好吃極了的菱角了，阿嬤也會做一大鍋的紅心粉圓，也帶紅色的宜蘭鴨賞去教會。

阿嬤離開人間後，每當我吃到紅色的食物，都會想起她，吃豬血湯時，就會想到她帶我在台北大橋旁的老店吃豬血湯的往事，連在鴨肉扁看到桌上那瓶幾十年沒改過、一點也不辣的粉紅色辣椒醬時，我也會想起阿嬤家中也有同樣牌子的辣椒醬，用來配台南肉粽最好吃。

阿嬤的時代，台灣還見不到大湖紅草莓和進口的紅櫻桃，如今每到上市，各地捷運站口都會有許多小販賣著這些顏色鮮豔的水果，這些有異國風的紅色水果，阿嬤會不會在基督的天國裡也買得到呢？阿嬤如今大概已經搞明白了她的基督吃不吃東西這件事了。

前幾年媽媽去世了，本來家中沒有神壇供桌的父親，為母親設了個靈位，靈位前除了鮮花常設外，爸爸也不時放上一些母親在世時喜歡吃的東西，像粉紅色的日本富士大蘋果和水蜜桃，以及南門市場買來的紫紅色的山楂糕和南棗糕，我真的希望母親在天上也可以吃到這些紅色的滋味，也許她正和阿嬤一起分享著。

紅色的食物似乎對人心最有慰藉作用，也最讓人想品嚐，想想看西瓜如果變成藍色的，會是什麼感覺，讓小孩子還愛吃的糖果，也是紅色的糖最受歡迎。

紅色也和喜慶有關，不管是紅蛋、紅白湯圓、紅糟肉、紅香腸、紅糖米糕，都讓人看了歡喜，平常多吃紅色的食物，大概也比較不容易得憂鬱症，但現在人追求時髦，常覺得紅色俗氣，餐桌上比較不常見到大紅食物，讓我格外懷念起阿嬤的大紅食物，阿嬤快快樂樂活到高壽九十歲，說不定紅色食物真有神奇的作用吧！

阿嬤的綠豆蒜

「雞捲沒有雞，綠豆蒜沒有蒜」，這兩句口訣，可以用來測試食客對台灣小吃認識的深淺。

雞捲裡放的不是雞肉而是豬肉，那麼為什麼叫雞捲，是閩南語加減捲的同音，指的是把桌上剩料加減（多多少少）包捲起來，早年雞很貴，是不會變剩菜的，但豬肉較平常，比較容易剩下來當雞（加減）捲的內餡。

綠豆蒜又為什麼沒有蒜卻取了個蒜名呢？是因為綠豆去皮後變成綠豆仁，煮起來一小粒一小粒的看起來像切碎的大蒜，因此當某人說這綠豆仁湯好像大蒜湯時，綠豆蒜之名就流傳下來了。

我最早吃到綠豆蒜，是童年時在新北投南國飯店的酒席菜上，北投在一九六、七〇年代曾是台北台菜的大本營，每當我阿公或阿嬤過生日，媽媽總是會在當地有名的飯店擺上一桌酒席慶祝，由於阿公、阿嬤生日剛好一人是夏天一人是冬天，我就發現阿公生日宴最後的甜湯是涼的綠豆莩薺湯，但生日在冬天的阿嬤的甜湯卻變成了熱的綠豆仁湯，阿嬤告訴我那是綠豆蒜，我第一次聽到甜湯取這名字，覺得好古怪，綠豆加蒜，多可怕啊！我立即衝口說「我才不要吃綠豆加大蒜吔！」阿嬤笑著說「沒有大蒜啦！只是綠豆仁看起來像蒜花」。

當天，我還是喝了熱乎乎的綠豆蒜，有股焦糖的甜香，煮得鬆化軟綿的綠豆仁，豆香濃郁，和夏天的綠豆荸薺湯的感覺很不一樣。

當時年紀小，並不明白為什麼夏天吃的是有皮的涼綠豆湯，冬天卻改吃無皮的熱綠豆蒜，稍長後阿嬤才告訴我，綠豆是最清熱的，而綠豆的寒性就在那一層綠皮上，夏天帶皮煮綠豆湯冰鎮了吃，任何的暑熱一碗下去就消散了，因此古早人食用綠豆湯只從立夏賣到立冬。的確，一直到幾年前，台北永康街上都還有一家我懷念的小店，賣的冰綠豆湯好極了，卻仍然堅持半年賣冰綠豆湯，半年賣熱紅豆湯的老傳統，只可惜這家小店因不堪房東漲租而搬走了。至於酒席為什麼在冬天上熱的綠豆蒜？就是怕客人冬天喝有皮的綠豆湯會太涼，有的人（尤其是老人）身體太寒會受不了，才想到只要把綠豆的寒性去掉，用綠豆仁做甜湯就沒事了，這也就是綠豆蒜的起源。

綠豆蒜一定要喝熱的才道地，本來只在冬天賣，但現在的人都亂了時節，夏天吃火鍋，冬天喝涼茶，如今綠豆湯、綠豆蒜一年四季在賣。但我實在比較懷念那種萬事萬物有天地節氣時令的定序，夏天是涼綠豆湯，冬天是熱綠豆蒜，多好！

最近天氣越來越熱，台灣民間有一說，過了端午就要收衣收被，也是綠豆大有用處的季節，家裡煮一鍋綠豆湯冰鎮了喝，身體頓時清涼，就不必煩惱吃到了街上有塑化劑的冰飲了，綠豆湯加荸薺或加百合、薏仁等等是更細緻的吃法，讓人都有種變秀氣的感覺，至於夏天傍晚，來一碗綠豆粥配涼拌黃瓜粉皮，則有百姓人家清閒疏放的小日子，樂哉。

吃姊妹桌

最早聽人說起「吃姊妹桌」這回事，是聽如果今天還活在世界上已經一〇五歲的阿嬤說的，阿嬤生於甚懂閩南古禮的台南古都，她雖然一出生下來，台灣就被清朝割讓給日本了，她從小只好接受日本教育，但還好阿嬤的父親由於飽讀詩書，也成為日人所說的漢學家，可以開私塾教鄰里子弟讀漢文，阿嬤雖然是女身，也成了他的學生。

在我童年的一九七〇年前，有個會看中文報紙、會寫中文字的阿嬤是頗稀奇的事，因為當時的婦女要不沒受教育，要不只識日文讀寫，阿嬤卻是雙語人，在我記憶中，她可是會在晨光中戴著老花眼鏡讀當時的徵信新聞報。

至於看阿嬤用毛筆寫漢文信，則是在我記憶中更深刻的印象，當時我小學五年級，偶爾住在離父母親家走路也不過二十多分鐘遠的阿嬤家，剛好目睹了阿公離家又返家的戲劇事件，也讓我有機會聽阿嬤說「吃姊妹桌」的風俗的由來。

原來阿嬤本來不應嫁給阿公的，她的父親早就幫她作媒嫁給台南的一位儒學世家之後，誰知道阿嬤卻因去布莊買布，看上了從日本遊學回來的少東，兩人竟然在那個大正文明開化的年代自由戀愛起來了，阿嬤不顧家裡反對，拒絕了親事，嫁給了她父親心中的不可靠的紈絝子弟。

阿嬤的父親真沒看錯人，總之，日本人離開後，阿公一生不事生產，只有靠阿嬤扛起家業，偏偏阿公又長得風流倜儻，女人看了都喜歡，阿嬤當年想必也是看上他的俊臉，阿嬤一生都必須和不少阿公的紅粉知己搶人，竟然到她已經五十來歲了，阿公還為了年輕的女人而離家。

阿嬤用毛筆寫了一封長長的信給那個女人，封進了信封，又寫上了地址，叫我送信去，原來那個女人住得離阿嬤家也不遠，我去了，在路上偷看了信，才知道阿公離家的原因，也看到了那個年輕女人和阿公，當時我覺得快六十多歲的阿公已經好老了，怎麼會做出這種事？這幾年回想往事，才知道當時自己不過十來歲，哪裡懂得六十多歲的人可不覺得自己已是槁木死灰啊！

半年後阿公雖然回家了，但恐怕不是信發生了作用，而是如媽媽所說，年輕的女人也不想伺候他了，只有回到一生都殷勤伺候著他的阿嬤身邊。

後來阿嬤跟我說，她就是因出嫁時沒吃姊妹桌，才使得一生婚姻路走得辛苦，我問阿嬤什麼是姊妹桌，阿嬤告訴我這是台南民間婚嫁古俗，由於昔日女性出嫁都是坐大紅花轎，由轎夫抬進男方家，女方親友怕新娘子嫁過門後會被欺負，就想出了「拱轎腳」的食俗，要在新娘嫁過門前吃一桌，桌上要備有至少四個豬腳以上，由女方親友一人挾一塊到女子的碗中，意味不僅做她的轎子的轎腳，也當她人生的轎腳，以後過門了被欺負，還有人可以倚靠，真受不了時，也有轎腳可抬回娘家。

阿嬤嫁給阿公，當然沒吃姊妹桌，但也怪不得別人，她父親連婚禮都沒參加，怎麼會幫她辦姊妹桌，這就是自由戀愛要付出的代價，阿嬤不僅日後沒娘家可依靠，連受阿公的氣也不敢向娘家訴苦，只有花轎自己一人扛一輩子。

也許因為如此，阿嬤很看重吃姊妹桌這件事，母親嫁給父親時，阿嬤就轟轟烈烈地為母親辦吃姊妹桌，我當然沒恭逢其盛，卻看到了結果，果然母親嫁給父親後，大概因姊妹桌的豬腳吃得實，母親嫁給父親後很有坐大的意味，而母親的娘家也一直住得離父母家不遠，讓母親幾乎天天可以回娘家，一輩子不僅有轎腳可靠，換父親的話來說，母親可是把娘家的轎腳都帶進了夫家。

大成坊

我第一次親眼目睹辦姊妹桌的盛況是阿姨出嫁時，其實當時阿嬤已經改信基督教了，本來信耶穌是不應該再弄什麼吃姊妹桌這類的事，但阿嬤卻奉行上帝的歸上帝，傳統歸傳統，非要大興風俗，好好再為么女辦一場姊妹桌，讓她步上大姊好命的後塵。

阿姨的吃姊妹桌，我終於可以全程參與了，當時已高中的我自告奮勇地替阿嬤準備姊妹桌，姊妹桌通常是在新娘出嫁前一晚和家人最後一次吃的團聚晚餐，準備的菜餚都有民俗的學問，例如：吃芹菜，代表女子會勤儉持家；吃韮菜，代表小倆口感情會長長久久；吃茄子，代表有發達起家的助夫之力；吃整尾魚，代表兩人的婚姻會有頭有尾，不會中斷；吃菜頭，則代表生活中處處好彩頭；吃豆子代表長壽；吃豬肝，代表夫婿可以節節高升作官做事順利；吃芋頭，代表丈夫的頭路工作好；吃丸子，代表一生圓圓滿滿；吃雞，代表吉利；吃紅棗和桂圓，代表早生貴子；吃麻糬，則代表小倆口可以黏在一起甜甜蜜蜜。

阿姨的姊妹桌，阿嬤用這些食材的順口溜做成了十二道台菜大宴，有白切土雞、芹菜魷魚絲、韮菜透抽捲、九層塔炒茄子、乾煎全鯧魚、菜頭肉羹、皇帝豆煮紅燒肉、麻油豬肝、芋頭燒排骨，虱目魚丸湯，紅棗桂圓湯和花生麻糬。

一頓出寧晚宴吃得巧也吃得好，不知是上帝保佑還是姊妹桌有效，阿姨果然不輸其姊，丈夫成了孝夫，阿姨也成了好命婦人。

阿嬤過世後，我很久沒想起吃姊妹桌之事，我自己結婚時，阿嬤已經不在了，母親也不真的信這一套，我當然更不信，好在我的婚姻路也走得很順，否則也會像阿嬤那樣怪起沒吃姊妹桌了。

麵茶暖和人心

今年秋天來得特別早，前些日子還沒入秋分，天氣已經天涼好個秋了，遇上了早晚下雨時，竟然還帶上了微寒，有一深夜聽雨聲點滴，略覺饑意上肚，突然想起了麵茶的滋味。

小時候住阿嬤家時，最喜歡在寒冷的夜晚，聽到巷弄中傳來清亮劃過冷冽空氣的嗚——嗚的叫聲，我知道這是賣麵茶的老伯推著麵茶車上的大茶壺發出的聲音，接著，阿嬤就會喚起我的小名，幫我披上一件外套，阿嬤拿好自己的磁碗，也交給我一個塘瓷杯，就帶著我出門去尋麵茶車了。

在寒夜的街巷中，麵茶車都會找一處閃爍著銀白光芒的路燈下的位置暫停著，大茶壺低鳴著，壺嘴噴出的水蒸氣在冷空氣中形成了一團白霧，麵茶老伯從裝芝麻麵茶的大桶中舀出麵茶粉，先用一點點水打濕麵茶粉，迅速用木匙順著同一方向旋轉地把麵茶粉打勻成麵糊，阿嬤在旁告訴我，「打勻麵茶粉要功夫，打得好泡出的麵茶才不會有疙瘩」，這樣的功夫我至今仍沒學好，怎麼樣都打不出那麼柔順潤滑的熟麵茶，因為我只是偶而打，當然比不上麵茶老伯天天打、日積月累的熟活。

製麵茶粉也要真功夫，看似簡單，不過是把麵粉炒熟，但炒麵茶有幾個緊要事要守住，首先炒麵茶鍋要全乾，因此要先把鍋加熱冒煙後熄火，之後再下麵粉，不斷用中火翻炒，炒至麵粉變成棕黃色為止，炒麵茶可以乾炒，也可以用白芝麻油或豬油炒，不放油的麵茶粉可以儲藏較久，豬油炒很香但不耐放，放久了會有油耗味，家庭人口簡單宜乾炒麵茶，阿嬤也會自己炒麵茶，但她更愛向麵茶推車買別人製的麵茶，就是圖那不一樣的麵茶油香味。

麵茶中的糖粉和芝麻粉，一定要等炒好的麵茶粉完全冷卻後才可放入，否則會凝結成小疙瘩，影響口感和味感。

泡麵茶也要功夫，阿嬤說自家怎麼都泡不過賣麵茶的人，怎麼說？賣麵茶的人用的是大茶壺，家裡不會為幾碗麵茶燒那麼大壺水，因為有大壺就可以提的高提的遠，像老北京茶館沖茶的那樣把熱水沖個幾丈遠的絕活，水柱高才有沖力，比較可以把麵糊沖散沖勻，泡出比較潤澤發亮不容易起疙瘩的麵茶，此外泡麵茶的水要越滾越好，滾水才有勁，麵茶喝起來口感才會密；這等用大茶壺沖滾水的功夫，真要有點武林功夫，像外婆或我等婦道人家，就比不上麵茶老伯的身手，所以說有的小吃宜男人賣，有的宜女人賣，推車賣麵茶真沒看過有女人的。

過去有好長一陣子，街巷中都很難再聽到賣麵茶的茶壺鳴叫著，讓長夜顯得更加寂寥，還好，這幾年懷念古早麵茶味的人似乎多了起來，近來偶爾在夜晚聽到茶壺的鳴叫聲，都讓我飛奔出公寓，去尋找什麼？尋找逝去的時光與阿嬤教導我明瞭的麵茶的美好之味，那是麵茶暖和人心的滋味啊！

永恆之味

食物常常觸動我回憶某些情境和某些人某些事，有如永恆的召喚般，將我帶入思念的情緒中。在秀蘭吃飯，飯後端上來的黃色的小玉西瓜，讓我立即想到爸爸，爸爸在夏天大多買小玉瓜而非大西瓜，他總說小玉瓜口感比較細密，我年少不覺得，喜歡吃紅色的大西瓜，但大西瓜的水準不穩定，反而小玉瓜不容易吃到不好吃的，而且果肉柔細還有著大西瓜沒有的清甜。原來如此，我在心中默默和不在人間的父親對話。

食物是我的永恆之味，不只是物質的存在，而在於精神、情感、思想的超越意義，否則為什麼祭神、祭祖先要用食物？食物具有轉換作用，可以聯結不同的空間，可以超越生死之界，聯繫我與逝世的親人。

父親、母親、阿嬤以及許許多多在我人生旅途中與我分享過味覺體會的人們，在他們離去後，反而更能與我有味一同，他們的味魂牽動我的思緒，豐富了我平凡的日常飲食生活，讓我從不食之無味，食物讓我更了解人情、土地、季節、民族的文化，也讓我常常可以回到內心深處，與永恆之味同在。

人生七味粉

日本人喜歡在吃烏龍麵時，灑上從唐人學來的七味粉，我的食味寶島記憶也有調味的七味粉，只是我的調料並非唐辛子而是時光，不同的時光之味，組合成我的寶島味蕾之旅。

第一味 童年嚐味

我的味覺嘗試啟蒙甚早，也許是因為我的八字中剛好有兩個食神坐命，我在人間也遇到兩個灶神的化身，一個是我的阿嬤，另一個是我的父親。他們兩人有不少相像之處，例如都懂吃、都善烹調、都捨得在食物上花錢，也都愛從市場到大小餐館四處找美食。

我阿嬤和我父親本應是志同道合之人，但兩人偏偏像來自不同武林世家之徒，天生看對方的路數不順眼，我阿嬤出生台南，受過日本教育，她覺得好吃的東西，只有台灣小吃（尤其是台南小吃）、台菜再加上和漢料理是我阿嬤的門派，我父親是江蘇南通人，後來去上海，他最對味的食物是南北合的淮揚菜，因出生於長江之北，愛吃麵條、饅頭，又受上海華洋雜處的影響，也愛吃海派西餐。

食物就像方言，每個地方菜系的食物，說著自己南腔北調的方言，如果從小就有機會吃各種地方、甚至不同國家的飲食，就會很自然地變成食物的語言通了。像我的兩個食神都因少時的影響，阿嬤的母語、母菜是台灣，但也會說一些日本母語、母菜，而我父親說的則是中國淮揚和上海洋涇幫土話。

人長大了，不是不能學其他的方言，但學起來慢，還要有好學好奇之心，更不能排斥別人的方言，偏偏我阿嬤和我父親都受制於他們的背景，這兩個都懂食物之美的人，卻老覺得別人的食物不好吃。從小我就在這兩個灶神祕密的相鬥之中長大，兩個人都以沉默的方式在抵抗對方食物的入侵，在台菜餐廳吃飯時，父親就猛抽菸，在江浙餐館聚餐時，阿嬤就很少動筷子。

童年時，常跟阿嬤、父親上北投市場的我，總覺得去的是不同的市場，阿嬤買菜的攤子上，絕不會有雪裡紅、薺菜、黃魚、百頁，父親買菜的攤上，也看不到地瓜葉、A菜、赤鯮、虱目魚。

但跟著阿嬤和父親不斷嚐味的我，很自然地說起了他們兩人的食物語言系統，我就像雙語人或多語人般，在不同的食物母語中轉換自如，但語言自有它的邏輯，每一種方言都有其純正性，一直到今天，我吃的每一餐都來自一種方言，如果桌上有虱目魚，我就不會叫雪菜百頁來吃，吃黃魚也不會配地瓜葉。

童年嚐味，用一張口到處嘗試，從家庭的滋味嚐起，因為在阿嬤和父親家住來住去，吃兩個家之味，也跟著他們到處吃，吃新北投新公園對面的新生園的平津菜和上海小館的上海菜，剛好是父親最愛的兩個中國地方菜系，也吃南國飯店、蓬萊飯店、熱海飯店的台菜。再跟著他們吃台北，阿嬤的飲食地圖在中山北路以西，從士林媽祖廟口到大龍峒、大稻埕到圓環、永樂市場、艋舺龍山商場的小吃以及第一劇場的沙茶火鍋、西門町的美觀園，父親的美食地盤以中山北路、中山堂、南京東路附近為主，從香港、大華、藍天、羽球館西餐廳到石家飯店、銀翼、都一處。

就像牙牙學語一樣，學會了說話，不見得明白話語的意義，童年的我記住了食物的味道，直到今天，我還對不同的地方菜系的食物道不道地很敏感，也許就是童年養成的挑剔壞習慣吧！

第二味 少年尋味

也許受兩位灶神自小的薰陶，十來歲的我也就開始四處尋味，尋味不像嚐味，那張口不是由人領著，而是藏了起來，要花一點功夫才吃進口裡。

只要口袋裡有零用錢，我開始喜歡不由長輩帶路，而是自己找食物吃，我發現家住北投溫泉路的我，佔盡地利之便，出門往右去新北投，可以吃到新公園對面小美而廉的新月麵包（長大後才知叫可頌）和可可奶，再走遠一些有外省老兵擺的陽春麵攤，

再遠一點到了復興崗眷村，可以吃厚燒餅和蔥油餅。

當時的我並未強烈意識到出門右轉可以吃到較多的外省味，而出門左轉則是本省小吃的天下，像在公館路上擺攤的阿婆甜不辣，國賓美容院前的意麵和黑白切，北投市場裡的排骨酥湯、米苔目、肉羹、蚵仔煎等等。

少年尋味最浪漫的一次，是看完劉家昌的《晚秋》之後，最強烈的印象是電影中的主角，吃的一份西式早餐，兩個太陽蛋加吐司加柳橙汁，不知怎麼打聽出影片中的場景是中山北路的榕榕園，才上小學五年級的我，竟然在週末上午坐上公路局車一個人去了，當時的興奮之情，並不低於後來我在世界各地尋找美味的狂熱。

少年的尋味，有了一些口味的主張，追求的不只是味覺的刺激，還有味覺背後的其他東西，尤其是不同的人和環境，一直到今天，我都喜歡在不同的人群聚集處吃東西，譬如說身邊都是老人家的涼州街媽祖宮早市、計程車司機愛去的大橋頭夜市、歸綏街的藍領工人去的清粥店，尋味也在尋人間之味啊！

第三味 青年玩味

青年時開始味覺旅程的展翅高飛了，當時的中華商場是十幾歲孩子的美食街，父親和阿嬤都不吃牛肉麵，牛肉麵卻成為我和高中同學去西門町最常吃的外食，但那個年代，大家多半吃牛肉湯麵，卻會在湯麵中加上幾乎半碗的酸菜，還有國軍文藝活動中心旁的蜜豆冰，那是男女分校時代，不同校的男女生可以坐下來靠的最近的地方。

青年救國團活動也提供了青年玩味的機會，去中橫、去蘭嶼等等，都要自己搭火車、公車去集合地，可以一路吃台中、彰化、嘉義、高雄的美食，當時大陸的紅衛兵串連沒吃沒喝，寶島青年卻可以一路狂吃。

高二的我還曾帶著剛上國中的妹妹環島旅行，那年代沒有各縣市的美食指南書，行囊中只有文學書，帶著黃春明的《鑼》、《青番公》去羅東，到了市場、夜市吃東西時，就睜眼四處看有沒有書中的角色會出現，去了花蓮就找出王禎和的小說對照看，當然也不忘吃扁食、吃光復糖廠的枝仔冰。

高三轉學去台南，開始過一個人吃三餐外食的生活，住在府前路、開山路口，真好的地理位置，離東門菜粽、福記、友誠肉圓、莉莉冰果室都近，因為沒大人管，只因愛上喝還未全台大流行的木瓜牛奶，晚餐就曾經只吃一個克林肉包、配三杯木瓜牛奶，當年認識了一些台南的文友，有寫現代詩的、畫畫的、做音樂的，有一回聚會，聊些什麼我全忘了，卻牢牢記住了那天我第一次吃到月見牛奶冰，就是冰上放個生雞蛋和煉乳，當時才十七歲的我，當然沒想到在二十多年後，我會被人稱為美食家。

青年玩味，食物中有年輕的友情、愛情，也有對文學藝術的熱情以及青春闖蕩的迷惘之情，追求的食物都以好玩為主，不明白食物的真味也不明白人生的真味，像今日在新興夜市大排長龍的學生，吃的其實都是玩心。

第四味 成年品味

二十歲成年的人，開始懂得用三張口吃食物了，一張口吃食物之味，一張口吃食物的擺盤，一張口吃裝潢，進入了人生的品味之旅。

記得二十初頭的我，開始迷上在台灣吃異國菜，去中山北路的馬蹄吃正宗的法國菜，還學喝紅酒，去南京東路的瑞華吃瑞士菜喝櫻桃酒。而一九八〇年代也剛好是台灣經濟起飛、外國傳來的雅痞文化形成風潮的年代，當時的我，遠離了阿嬤、父親教給我的飲食母語，開始學習其他的食物語言，學法菜語、義菜語、西菜語、德菜語、瑞菜語、日菜語，也開始在世界各地旅行，有很長的一段時間，大約在三十五歲以前，都覺得自己可以很流利地說異國食物的語言，但隨著對世界的好奇心因滿足而逐漸降低，也因為三十六歲彷彿是來到了中年芝麻開門的時刻，在倫敦居住的我，強烈地懷念台灣的各種食物，開始在廚房中包餃子、做餛飩、炒米粉、煮大腸麵線，在巴黎、馬德里、威尼斯、斯德哥爾摩等地旅行時，也開始去吃一些又昂貴、又不太道地的中國餐館食物，年輕時一直以為自己可以移民國外的我，這時才發現我的台灣胃沒辦法移民。

第五味 中年知味

我是中年以後才真正明白食物的多重文化意義，就像學會了說話，並不見得懂得話

語的意義，懂得了意義，還未必可以用話語創造文化。

中年回到了台灣定居，開始對食物的文化產生極大的興趣，也開始了解阿嬤、父親在我生命中開啟的不只是食物語言的教導，也是文化的傳承，也開始了知味之旅。

每一個人身上都有其獨特的食物文化地圖，而台灣更是一大張複雜、豐富、曲折的食物文化地圖，原住民的、荷蘭人的、西班牙人的、明朝的、清朝的、日本人的、國府移居來台幾十省外省人的、新移民的、全球化的，這些來自四面八方的影響，形成了台灣多元變化的融合滋味。

循著食物的滋味，可以發現台灣肉羹、魯肉飯和周朝的關係，被認為是台灣原生品種的水牛，在來米、土蓮霧、土芒果，其實都是荷蘭人引進的。

因為食物的知味，我也開始關心台灣的四時節氣，環境、土地、農事，也開展了向自然學習的食物之旅，在天地人的關係中，食物是神聖的媒介。

第六味 壯年回味

回味是兩張大小相融的口，代表了食物滋味的小口包入了生命滋味的大口。

到了壯年，終於明白最美的食物滋味不是當下感受到的，而是日後回味的。現今我走在台北、台灣的街頭，都會遇見往日的味蕾記憶，而時光是最好的調味料。如今，我的每一頓餐幾乎都是回味的宴席，我會記得誰曾經陪伴我吃過這些食物，我的心中充滿感激，因為我們如此有幸能在此生相逢，且一起分享過美好的食物與人情的滋味。

每一種食物都值得回味，街頭的烤地瓜、蒸菱角、煮花生，我都記得那些冬夜裡握在手裡的溫暖，麵包店裡賣的白糖糕，我都記得孩子臉上的微笑，南棗核桃糕總讓我想起母親，弟弟自己還記不記得他小時候很愛吃的山楂呢？親愛的丈夫最愛吃炸春捲，每一種食物都因為有了人的感情而讓我們回味不已。

第七味 晚年思味

我至今仍未參透晚年之味，但因為照顧父親而慢慢開始明白了一些道理，當父親不再能四處為自己覓食時，就得依賴子女的陪伴，父親想去的餐館越來越少，只剩下那幾家重複會去的家庭餐館，都是全家吃了四五十年的老餐廳，常常說沒胃口的父親，只對老食物有胃口。

然後父親坐上輪椅，更少出門了，我每幾天就提著鍋買老餐廳的食物回家，因為不忍心父親會思念他吃不到的味道。

原來食物的味道和人生的味道都是有盡頭的，我們在人生繞一大圈，和食物的情緣終至不能相見，童年時，父親常常帶食物回家讓我分享他的世界，如今我常常帶食物回家，因為我知道父親仍然思念世界的滋味。

陶媽媽的泥鰍鑽豆腐

從我五歲起，陶媽媽就在我家幫忙，一直幫忙到我十七歲，我家從北投搬到東門町時才結束。

陶媽媽做的是管家的工作，整理房子，準備三餐，加上照顧小弟。但陶媽媽一到黃昏就得回家，因為她有自己的家要照顧。

爸爸雖然常下廚，但他做的都不是家常菜，而是各種中西大菜，或蛋糕、冰淇淋、豆漿、包子等比較好玩的飲食花樣。

負責我家基本家常飯菜的是陶媽媽，譬如說炒個青菜、煎條魚、燉個湯之類的。

陶媽媽的身世很淒涼，這是小孩私底下都知道的，但卻不知是哪個大人講出來的。據說她原來是大戶人家，嫁給了一位將軍，過著挺不錯的生活，但後來卻愛上了一個小警察。和警察私奔的她，開始過起十分悲慘的生活。

兩個人從南部躲到了北部，託了朋友幫忙，小警察才到育幼院去當臨時工友，但做沒幾年的他，卻發現自己得了帕金森氏症。

我印象中的陶伯伯，永遠躺在床上，全身發著抖顫。童年每次跟陶媽媽回家，我都會盡量不進陶伯伯的房間，深怕看到他那雙哀傷的眼神。

也許因為陶媽媽長年心情不佳，因此做菜時總是蹙著眉，一臉心事重重，再加上她工作繁重，又要顧我家，又要顧陶伯伯及孩子，因此她做起菜來總快手快腳，匆匆忙忙。有時，我放學回家，晚飯已經擺在桌上了，用一個紗布網蓋著防蒼蠅，而陶媽媽早已回家了。

爸爸媽媽跟陶媽媽感情很好，早把她當一家人了，因此很體諒她的苦處。平日也常叫我們別煩她，而總愛下廚的爸爸，每次進廚房，陶媽媽就成了他的副手，但我常覺得陶媽媽一定覺得幫忙我爸做菜，比她自己弄要麻煩太多了。

我一直不把陶媽媽看成美食的化身，因為我從小就看多了我的阿嬤及爸爸對飲食烹調的講究。但我後來才知道，陶媽媽有許多過去是我不了解的，其實，她不是不懂、不愛美食，只是生活變了，心境也變了。

我第一次發現陶媽媽和美食其實也大有關聯，是因為我和鄰居男生去北投復興崗旁的稻田抓泥鰍，捉了一桶泥鰍回家，放在後院的水缸中養著玩。

廚房後院的大水缸，平日是專門讓講究魚鮮之道的爸爸，從市場或溪流、河邊買了活魚回來後，讓活魚吐沙的，那個水缸中養過甲魚、鯉魚、草魚、河鰻不等。而剛好我帶泥鰍回來時，池中無他物，於是便成了我的放生池。

放了兩天，陶媽媽問我要如何處置這批泥鰍時，我早已忘了還有泥鰍養在缸裡。但我真不知如何處置，難道再把牠們放回稻田中？

陶媽媽問我知不知道泥鰍也可以吃，我說不知道，泥鰍長得奇形怪狀，並不像可吃的東西，接著陶媽媽說起她老家廣東潮汕一帶，有一道名菜即「泥鰍鑽豆腐」，她問我想不想吃。

我一向好奇，便不管敢不敢吃，先點頭為上。於是，陶媽媽開始準備做菜，在此之前，我從未看到她做菜時如此慢條斯理、全神貫注，臉上還帶著一抹飄忽的微笑。

我看著陶媽媽先把池中已吐盡腹內穢物的泥鰍盛起，沖洗後，放在一深碗中，泥鰍在碗中糾成一團，彷彿大的蚯蚓，接著陶媽媽用另一碗打蛋，把打好的雞蛋倒入深碗中，一時之間，只見放在池中兩天、腹空飢餓的泥鰍片刻之間便將蛋漿吃喝盡了。我在一旁看愣了眼，更知道生物飢餓時的力量了，只是泥鰍不知道牠們吃的是最後一餐了。

接著，陶媽媽在一長鍋中放置一大塊豆腐及水，再把泥鰍倒入鍋中，立即開猛火燒鍋。過了不久，我便聽到鍋內傳出轟隆聲。陶媽媽拿著濕布用力蓋緊了鍋蓋，但鍋內仍有極大的力道推擠鍋蓋，而陶媽媽死命按住蓋子。

慢慢地，聲音平靜了，鍋蓋也不必按住了，陶媽媽在一旁準備薑、蔥、鹽等佐料。等鍋子冒出大煙時，我也聞到了河鮮的香味。陶媽媽打開鍋蓋，把佐料倒入，再悶一會，便起鍋了。

盛入盤中的景象實在恐怖，一隻隻泥鰍的頭都埋在豆腐內，只有身軀在外，但都已經泛成灰白色了。

陶媽媽告訴我，由於豆腐熱得慢，當火燒開了水，遇熱逃生的泥鰍便會往較冷的豆腐內鑽，但躲不了多久，豆腐也一樣變得火熱時，泥鰍也就熟透了。

我和陶媽媽在廚房吃這道「泥鰍鑽豆腐」時，陶媽媽告訴了我她童年的往事，說她以前也是千金小姐（像我當時），家裡是不吃這種鄉野食物的，但帶她的奶媽就很愛吃這道菜，因為泥鰍便宜，泥田裡有的是，就成了懷念河鮮但吃不到河鮮的人的解饞之物了。陶媽媽說，她常看奶媽做這道菜，也跟著吃，久而久之，就愛上了泥鰍的滋味。

我很少看到陶媽媽笑，但那一天，當她談起童年的她，過的是如何備受寵愛的千金小姐生活，我在她滿是皺紋的臉上，看到了一道彷彿是青春的光影。

這段歡樂的時光維持得並不久，吃完了泥鰍後，陶媽媽又變得心情沉重了。在她一邊洗碗洗鍋子時，背對著我的她，彷彿自言自語地說起話來，她說她從沒想到她的人生會變成像在熱鍋中的泥鰍，拼命想逃，卻逃不了，只有找塊冷一點的豆腐鑽，但豆腐根本承受不了牠的重量，這就是進入熱鍋中的泥鰍的命運。

陶媽媽的話，當時的我並未完全明白，但還是記住了，那個晚上，吃泥鰍的事變成了惡夢，夢中有許多泥鰍從我身體裡往外鑽。長大後，我才明白這個夢是佛洛伊德說的潛意識中的罪惡感在作祟，害得我直到今天都太不敢吃泥鰍，而也許我更怕的是陶媽媽說的泥鰍般的命運。

往日蟹席

每年到了吃大閘蟹的秋日時分，都會想起小時候第一次吃大閘蟹的情景。那一天，和爸爸媽媽到了圓山飯店附近一個半山別墅的人家，開門的是穿白衣黑褲的上海娘姨，一口上海話地把我們引進了桂花飄香的小徑，我聞著秋夜的桂香，看到院子的樹叢張燈結綵，樹下的籐桌籐椅上坐了一些早到的客人，已經在喝桂花酒了。

我們坐下不久，就看著廚師端來大大的竹製蒸籠，裡面裝的全是一隻一隻鮮橘色的熟蟹，在黃昏紫色的餘光中顯得十分妖嬈。主人家拿出了好幾十副吃蟹的工具，於是大人們就邊聊天、邊吃起蟹了。

我那時年紀還小，根本不會吃蟹，和主人家的孩子在院中跑來跑去，偶爾晃到爸爸身邊，被他叫住——來吃點蟹膏吧！爸爸用小銀匙舀了一口蟹黃放入我口中，我吃到了一種奇怪的鮮香味，入口而化的潤滑在舌尖打轉，這味道很特別，過了一會，我又跑回爸爸身邊，央求還要吃蟹黃，也聽到爸爸身旁的叔叔說這孩子嘴挺刁的，專挑蟹黃吃。

我不知道那晚爸媽這些人總共吃了多少大閘蟹，在小孩子的記憶中，那一天的螃蟹多如流水，一隻又一隻、一籠又一籠的上，當時我也不知道這些大閘蟹是來自陽澄湖的嗎？是從大陸經香港再起義來台的嗎？而那些大閘蟹要吃掉主人家多少錢呢？我只記得在回家的路上，爸爸跟媽媽說主人今天可花了大錢。

這個花了大錢的上海幫商人，第二年春天就去世了，我後來想起，就覺得他當初大宴故友吃家鄉的大閘蟹時，是不是已經知道自己要不久人世了，於是決定徹底揮霍一下生命的滋味。

那一次蟹席，也的確在許多人的記憶中留下了長久的畫面，十幾二十年後，我都會聽爸爸及爸爸的朋友談起那天吃大閘蟹的往事，有人算著，那一天會吃的人，一個人可能吃下了七、八隻大閘蟹吧！

而我吃的那一口油滋滋的蟹黃，也讓我從此愛上了大閘蟹，但每次吃大閘蟹，都會憶起童年的那一場蟹席；永遠記得那個主人站在黃昏的微光中，笑著對客人說：「今天我準備了好多家鄉來的大閘蟹，大家就痛快吃個夠吧！」

知道自己回不了家鄉的他，是不是正借著吃蟹來彌補思鄉的滋味呢？而他準備的蟹席，是不是向親朋好友告別的謝席呢？

老夏的香腸

有一年冬天過農曆年時，在西班牙西北部一帶旅行，某日在寒風大雪中來到了被喻為中世紀朝聖之路的起點，也是西班牙擊敗伊斯蘭王國的英雄希得的誕生地——Burgos（布爾哥）。

布爾哥是個十分美麗的古城，城中心仍保留著中世紀的大教堂。參觀完壯麗的教堂之後，我查看旅遊手冊，發現教堂旁有一家開了四百多年的老餐館，以賣中世紀以來的鄉土料理出名。

我當然不會錯過這樣的老店，進門去，低矮的樓房完全是中世紀的尺寸，可見當年的人都比現在矮，坐下來看食譜，先叫了兩樣店內馳名的傳統料理，外加一份青菜沙拉。

先來的是湯，原來是大蒜蛋花湯，做法可想而知，用許多的大蒜和豬油一起熬，熬到大蒜心都鬆軟後，打下一顆蛋打成蛋花，再往湯中放一些隔夜的硬麵包。

真是千里迢迢來此吃這樣一碗小時候常在冬天夜裡喝的蛋花湯，只不過不作興放這麼多大蒜，但這大蒜蛋花湯雖然簡單，但在室外大雪霏霏、冷風徹骨的氣候下，喝了還真受用，整個身子都暖和起來，想著這樣的湯也的確健康，大蒜可以治百病，中世紀人還相信可以遏阻吸血鬼近身呢！

接著第二道菜上桌，是三條煎過的香腸，我切了一口一吃，突然吃到了十分熟悉的味道，這個口味，竟然和每年過年時家中常吃的老夏的香腸一模一樣。

老夏，其實我該叫他一聲夏伯伯，是爸爸早年在高雄認識的朋友，後來爸媽搬來台北後，老夏每一年在農曆過年前，一定會送來一大包他親手做的家鄉香腸。

老夏是江蘇東台人，我不知他做的香腸是不是真是家鄉口味，但他的自製香腸的確有一股味道，稍微有些辣，有股鹹鮮味，雖然豬肉中帶不少白色的肥肉，但吃來卻毫不油膩，肉質也特別緊，嚼來很有口感。

我吃過不少年節的香腸，不管是廣東的、湖南的、台南的，都各有風味，但都沒有老夏的香腸所有的那種簡單純樸又耐吃的滋味，因此每年過年前，我總期待著爸爸收到夏伯伯親自送來的香腸，而他們兩人也可以敘敘一年的舊。

但幾年前一次年夜飯，我卻發現少了這道香腸，一問之下才知道夏伯伯走了，爸爸又少了一個老友，而有一種獨特的味道也消逝了，老夏再也不能親手做他的香腸了，而和夏伯伯並不熟的我，如今每逢過年佳節都會忍不住想起他。

真沒想到，我竟然會在遙遠的異國，一個陌生的古城，吃當地的鄉土料理時，重溫了我以為再也吃不到的老夏的香腸的味道，怎麼回事？我立即和餐館的人打聽這道香腸的做法，說來簡單，就是肥瘦豬肉（但當然要是土法養的豬），混合著粗鹽和辣椒粉，再緊緊塞入腸中，之後要掛在冷風中等待自然風乾。

這樣的香腸做法，完全是從中世紀傳來的農民傳統（但辣椒粉應該是大航海時代後從中南美洲引進西班牙的新鮮味），而西班牙的鄉下和中國的鄉下，是不是不約而同地都想到這樣的做法，還是誰影響了誰？夏伯伯的配方，關於鹽和辣椒粉和豬肉肥瘦的比例，是不是又偶然地和這家老餐館的配方相似呢？

在異鄉過年，竟然吃到了久違的味道，也想起了老夏的香腸，今年過年當然又吃不到了，但我想夏伯伯如果知道他親手做的香腸一直讓我懷念，他也會高興的，親手做的食物，總是會留下那個人的味道。而我們懷念食物的同時，也懷念著那個人。

小弟的滿月油飯

我當然沒吃過自己的滿月油飯，第一次吃到的印象最深刻的滿月油飯是我小弟滿月時，那時我七歲了，留得住記憶了，但小我四歲半的妹妹的滿月油飯呢？我吃了沒？卻記不太清楚了。

小弟是家中唯一的男兒，他的滿月是大事，那一陣子我也跟著爸爸媽媽忙進忙出，他們出門去訂油飯我要跟，把油飯送給鄰居親友我也要跟，那一陣子家中堆滿了一盒一盒的油飯，媽媽囑咐我不要吃太多油飯，因為糯米不好消化，吃多了會鬧肚疼，我才管不了那麼多，趁家中大人不注意，我就一直偷吃油飯，我喜歡油飯中那些爆炒過的魷魚、香菇、蝦米、紅蔥頭的香味，也喜歡糯米那黏黏QQ的口感，小時候不愛吃白米飯的我（但現在卻很愛），覺得油飯不是飯，而是特別的食物，帶著喜氣和歡樂勁，我怎麼能不多吃一點油飯，眼看家裡擺放的油飯都快要送光了，媽媽又說生了小弟她不會再生了，以後我還吃得到滿月油飯嗎？

後來我的確沒再吃過幾回自家或別人送的滿月油飯，滿月送油飯的風俗被送蛋糕取代，但隨著年紀長大，可以自己出門尋覓美味時，我也發現台北許多傳統市場內都至少會有一攤賣油飯的，像艋舺的三水市場、大稻程的永樂市場、雙城街的晴光市場、大龍峒的大龍市場等等，都買得到當天現做現蒸的油飯，現在油飯可以天天吃了，但每次吃油飯我都會想到小弟的滿月，他那肥嘟嘟的小臉小手小腳，這樣的小弟今年也四十五了，時光過得真快，小弟也沒吃過他自己的滿月油飯，他沒有我幸運，未曾分享那一陣子家中的歡喜，那樣美好歡樂的時光，一盒又一盒香噴噴的油飯滋味飄滿家中，那時父母都年輕。

長大後我曾和阿嬤討教過怎麼做油飯，阿嬤說先要會挑糯米，在還沒有六輕的年代，當年大家心中最好的糯米就是濁水溪的長糯米，糯米最好當天現洗現蒸，而不是浸泡過夜，這樣做出來的糯米飯比較不傷胃，蒸糯米也有工夫，要蒸兩次，先蒸三十分，掀蓋後在糯米上灑水再蒸，如此蒸出來的糯米才會透心。

糯米選的好不好，蒸得好不好，決定了飯的口感好不好吃，而拌料會決定油飯味感可不可口，阿嬤說拌料要選品質好的紅蔥頭、埔里香菇、北海道魷魚、台灣劍蝦蝦米、黑豬肉肉絲，先用麻油爆香紅蔥頭，再逐一爆香其他食材，千萬不可省功夫一次混合爆炒，最後將所有爆炒過的材料混合開小火慢熬，火候要控制得宜，魷魚、蝦米、肉絲都宜軟口而不爛。

在攪拌糯米飯與拌料時，南部人還會加肉燥，北部則只加拌料，因為南部有肉燥，油飯反而較不油，北部則顯得較油光光。攪拌油飯要攪得粒粒分明，此時就可以看出炊蒸的功夫好不好了，蒸得太熟就會黏乎乎的不好看也不好吃。

為什麼油飯會成為滿月的祝賀食呢？我想是因為糯米是華夏民族最早食用的米，歷史比後來居上的秈稻米更有古意，因此祭祀神明會用糯米，小孩滿月代表不容易被神明收回去了，為了謝神明而蒸糯米吃，糯米又不好單獨食用，加上古代被認為珍貴的油成為油飯好食用，此外，油也有賜福之意，古今中外都有用油塗抹新生兒的風俗，不管是耶穌油膏抹身或彌勒佛油亮的身子，油都具有保護之意，滿月吃油飯也是同理，保護滿月的嬰兒也祝福世人。

說五味

朋友送來寶島台南的傳統蜜餞「鹹酸甜」，又讓我憶起小時候常常和阿嬤回台南老家吃東西的往事，阿嬤是個讀漢學、擅烹調、懂味道的女人，她總告訴我台南是台灣四百年的古城，歷經西拉雅人、荷蘭、明鄭、滿清、日本、中國的各路飲食影響，因此台南的老味覺特別複雜。

阿嬤介紹我吃各味鹹酸甜，我剛吃時並不太喜歡，因為小孩子雖然愛吃甜食，但只獨沽甜一味，好好的蜜餞幹嘛又鹹又酸呢？

阿嬤說台南人吃鹹酸甜，吃的是歷史的味道，因為台南飲食深受閩南泉州的影響，而古泉州除了有河洛及吳越飲食文化的底味，又受阿拉伯移民口味的薰陶，中國人一向說東酸西辣北鹹南甜，北方及東方遷移人口帶來的重鹹酸味，混合了南方的重甜味，再加上阿拉伯人的蜜餞傳統，就誕生了鹹酸甜。

多年以後，我去到也深受各種殖民、移民影響的義大利西西里島，發現西西里人也愛吃鹹酸甜，像當地有名的漬沙丁魚，有沙丁魚、松子、葡萄乾、茴香、柑橘，也是又酸又甜又鹹，西西里人說這種多元的味覺來自希臘、阿拉伯、薩拉森、諾曼第多元民族的影響。

除了鹹酸甜三元鼎立的飲食文化混血外，還有更繁複的五味雜陳的滋味，例如馬來西亞的檳城，混合了華人、英人、馬來人、印度人的影響，這些多元的影響產生了我極愛吃的啦吵海鮮麵，不僅有鹹味、甜味、酸味，還有受西亞印度影響的辣味，還有微妙的小金橘皮散發的淡淡苦味，真是五味雜陳的滋味。

單純的民族，封閉性格的文化是不會產生五味的飲食，像固守北方傳統的客家人，十分嗜鹹，即使經千年漂泊至南方，客家人肯吃酸筍、苦瓜，但卻不喜歡食物中鹹味混合了甜味。

人在幼年時，飲食口味都較單純，甜味最可口，因為接近母乳、牛乳的味道，小孩連鹹味都不愛，否則試試在牛乳中加鹽看看，年紀略大才可以吃一點鹹，人往往越吃越鹹，老人口味偏鹹，但身體卻負擔不了，酸味通常要等到青春期荷爾蒙洋溢後，才愛吃一點，是否預告著兩性情愛的酸楚？女人尤其比男人愛吃酸，尤其是懷孕時荷爾蒙變化的女人，做女人的辛酸就從嗜酸揭開序幕，而之後還有辛味（即辣味）要跟著來了。

一向只有女人被稱為小辣椒或辣妹的，男人跟辣較有距離，而嗜辣的女人往往比男人多，是否因為女人較壓抑，需要用辣來發揮真性情？女人要小孩斷乳時，也往往在乳頭上擦辣椒汁，象徵了母性的決絕。

苦味最難懂，往往等年紀越長越懂苦味，人嗜苦常在四十而不惑後，才明白人生苦又甘。

老民族才懂得嗜苦，義大利人、中國人、日本人都嗜苦，誰聽說美國人嗜苦的，但不嗜苦的民族，卻要小心自食苦果，像華爾街金童搞出的世界性金融災難，就是沒過過苦日子的人才會犯的錯。

從酸甜苦辣鹹的五味，來看歷史、人生、世界的滋味，才不枉費吃進口裡的東西。

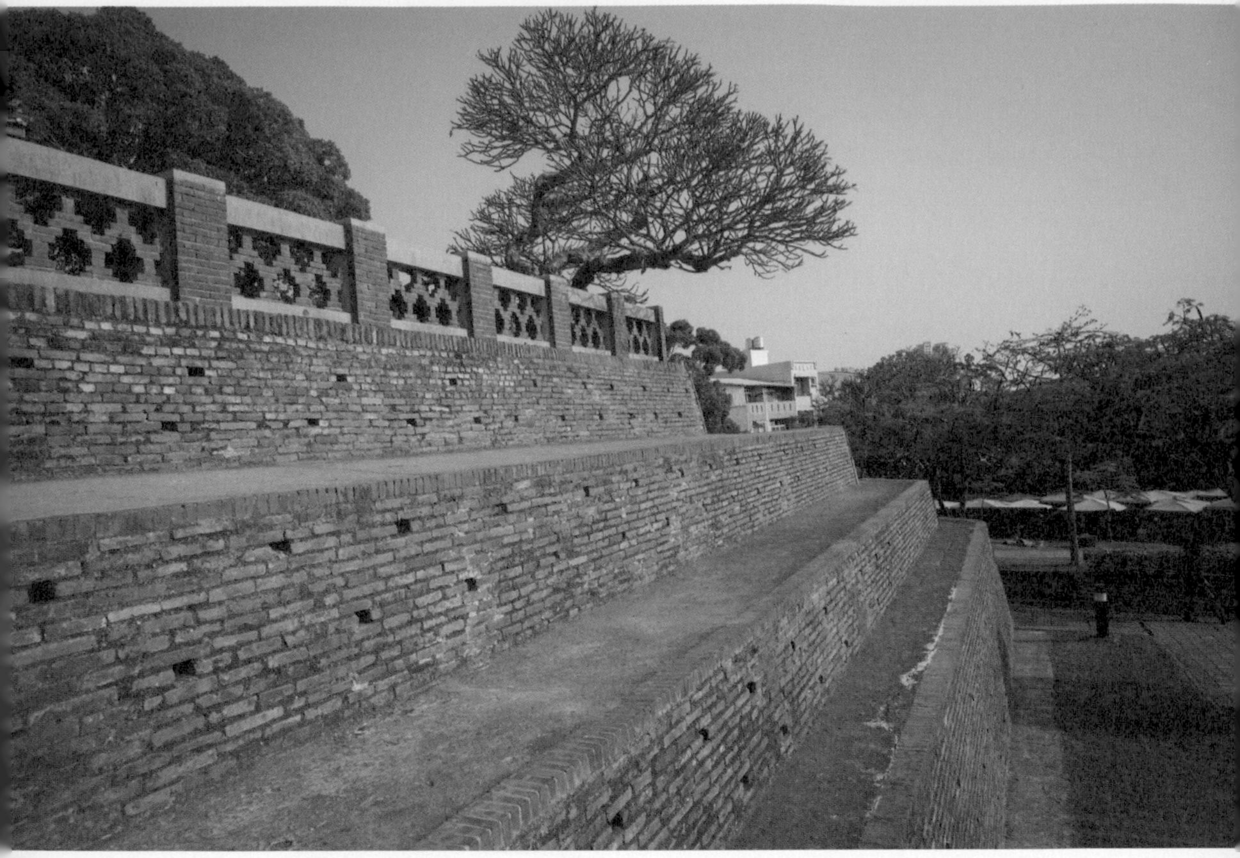

古早味的香腸熟肉和魯麵

就像海明威所說的，巴黎是美好的宴席，一生都跟隨著他四處流動。我想我的阿嬤，也有這樣的美好的宴席，出生於台南的她，雖然年老後居住於台北近郊的舊北投，但在她家的餐桌上擺放的一直都是台南的宴席。

小時候曾住在阿嬤家的我，印象最深刻的就是阿嬤做的台南香腸熟肉和魯麵，這樣的宴席不是家常菜，只在特別的日子，像神明或阿公過生日時才會端上這兩道隆重的料理。

香腸熟肉，有點像北部人說的黑白切，但一定要有粉腸、糯米腸、香腸、生腸等等，熟肉中除了白切肉、粉肝外，還常會有平凡但卻充滿古早味的豬皮。

準備香腸熟肉，可以大費功夫，也可以簡單行事，不怕麻煩者，是連灌粉腸、香腸、糯米腸都自己來（阿嬤就有此等能耐），現代人怕事，但也要有熟悉的灌腸店家，請他們代勞。

香腸熟肉大多是用川燙烹調，火候的拿捏很要緊，當天食用者一定當天才川燙，隔夜不好吃，有的東西要夾生（如粉肝），有的要不生不老（如粉腸），有的可以熟爛些（如糯米腸），香腸熟肉雖然是以動物性蛋白質為主，但都會附一些蔬菜，常見的如白煮大蘿蔔、白煮韭菜，台南人還喜歡配上一碗鹹湯（如受荷蘭人影響的豌豆仁湯）。

吃香腸熟肉，沾料很要緊，阿嬤都是自己調製；煮肉骨蔬菜高湯混合北港的黑豆蔭油，沾起來入味卻不鹹口。

香腸熟肉攤，在台南人心目中，不只是食物，還代表悠閒的時光，老同學、老朋友許久未見，見面後相約一起吃香腸熟肉，透露出的訊息還有我們該坐下來聚聚聊聊，香腸熟肉也代表的是人們互相珍重的人情。

魯麵跟香腸熟肉一樣是豐盛的食物，但香腸熟肉是分開的豐盛，魯麵則是聚合在一起的豐盛，魯麵本來是家庭團聚時的食物，並不在外面的餐館或小吃販賣，魯麵的作料很繁複，有肉片、蝦米、金針、菠菜、香菇、扁魚、白蘿蔔、胡蘿蔔、白菜等等。

我和阿嬤學的魯麵做法很費事，一定要用豬大骨、尾骨、小骨、胡蘿蔔、芹菜、薑片等等去熬肉湯，要一次加足夠的水熬成三分之一的湯（過程中不可再加水），用這個湯底去爌白蘿蔔塊，當成是魯麵的湯底。

魯麵的材料要分別炒做（因為不同食材需要的受熱溫度及時間不同），要先用新油小火煸扁魚（不要買別人煸好的，容易有舊油味），煸好的扁魚磨成碎粒待用，再分別炒泡好的蝦米（要買現流劍蝦乾來發泡），炒香菇（買埔里的小香菇較香），炒肉片（買外號叫老鼠肉的小腿肉最嫩），炒金針（不可買染色的），之後再炒白菜片、胡蘿蔔片，再和湯底混在一起就成了魯麵的魯湯。

阿嬤的台南魯麵有一種特別的吃法，就是下好油麵（油麵一定要到有信用的老字號店去買不用硼砂的新鮮油麵），放好魯湯後，才會加油蔥酥、烏醋和白胡椒粉，阿嬤的油蔥酥一定自己做，烏醋只買五印醋，白胡椒粉最考究：要用前一天才去迪化街買印尼進口的白胡椒粒，請中藥行磨粉（如用量大），或自己研磨。

如今，阿嬤的流動宴席也成為我的宴席，也藉此表達了我對阿嬤和童年時光的懷念。

清心苦味

年幼時陪阿嬤上龍山寺，阿嬤總會順道去青草巷喝涼茶，阿嬤替我叫杯甜甜的青草茶，而她自己總是喝苦茶。有一回，我好好奇喝了一口苦茶，當場大叫「好苦喲！」眼淚幾乎都掉了下來，事後我十分不明白地問阿嬤幹嘛要自找苦吃，阿嬤說我小囝仔不明白苦味對身體最好，外婆說苦可清心，又說苦味消逝前會回甘。

阿嬤說的道理，我可是花了好多好多年頭後才逐漸明白，而當我明白時，我也同時發現自己的青春已一去不復返了。

似乎，在青春期之前的我，從來是不碰苦味的；不喝苦茶，不愛吃苦瓜，但慢慢地在沉浸於酸甜辣鹹多年後的我，有一天卻突然發現苦味好比意外的旅客般敲醒我的味蕾之門，苦味的拜訪帶來的是深沉厚重的感受，那種滋味留在甜頭最隱祕幽微的地方久久不散，當苦味慢慢離開後，竟然留下淡淡的清甜。

當時我想起阿嬤說的話，甜過了頭的味道會變成苦的，但苦過了之後反而轉甜。我也忽然明白這段話不只有關味覺之事，也有關人生，許多的人生不也這樣，一逕追求甜蜜的人生，常常愈活愈苦，但真正過過苦日子的人，回頭一看，卻發現苦頭吃多了

後就沒什麼怕苦之事，反而更懂得日子不苦就是甜的道理。

少年人要花時間才會習慣苦味，進而珍惜、喜歡起苦味，不同的民族也有不同的歷史世故，有老靈魂的民族通常也懂得品嚐苦味；除了中國人之外，最懂苦味的民族大概是日本和義大利了。

秋天在京都時，日本人喜歡享用一道彷彿秋之心的土瓶蒸，土瓶內有三樣不可缺少的秋味，即秋天上市的柚皮、銀杏和秋茸，這三種東西的滋味都是清香中帶微苦，吃了後讓人明白秋天來了，而人生之秋是帶著微苦的感受，就像秋天盛產的秋刀魚之味，就在品嚐秋刀的肚腸之微苦。

義大利人更愛苦，義大利老人常常在清晨早餐時就喝一杯苦苦的Campari，所謂苦酒人生，但義大利人卻喜歡這種苦味，義大利還像中國人般愛吃苦菜，中國人有A菜，義大利人有芝麻菜、茴香、朝鮮薊，都以品出微苦之味為上，義大利人說這些帶苦的蔬菜吃了可以清潔血液。

原來自找苦吃是好事，人生之路走下來，越來越不敢嗜甜，少年時最愛之甜味，卻是中晚年人避之猶恐不及之事，但少年人怕的苦味，卻越來越受歡迎，原來人生就是要明白懂得接受苦味，進而欣賞苦味，這麼一來，苦味也就不苦了，人生一場，學會和苦味同在，人生也就不那麼苦了。這些事一想明白，果然心靈就清澄了，說苦味可清心，竟然是生命頓悟的味道。

如今，當我喝下一杯現榨的明日葉的苦汁時，竟然開始有回甘的體會了。

綠桌一夏

記憶中的夏天，餐桌上常常泛著綠光，最早的記憶，是沒上小學前的那幾年，家裡住在北投中央北路的日式平房中，有很大的前院和後園，前院種花，後園種菜，有攀爬的絲瓜藤架，每到盛夏，掛滿了一串串的絲瓜，園裡還種有冬瓜，也在夏日長出好些半個小人高的冬瓜，此外，院中還有四季豆、地瓜葉、空心菜、小黃瓜、葫瓜。

夏天宜食清熱去火的食物，但小孩子哪懂這個道理，長輩也不會把飲食宜忌掛在口頭上說，飲食的智慧是日常生活中自自然然發生的事，在簡單過日子中，按照季節、時令吃土生土長的食物，就成了現代人當成哲學的樂活之道。

有一段時間，我住到阿嬤家，她常準備的夏日晚飯都是民間流傳了不知多久的家常菜，幾乎每個家庭都會做會吃的東西，由於夏日燠熱，晚飯常常在院子裡吃，吃的東西有哪些呢？經常浮上心頭的就是絲瓜麵線，剛摘下來的絲瓜，剝皮切成長條狀，加些青蔥一起爆炒，煮成自然稠的絲瓜湯，再加進煮好的麵線，就是一頓既清爽又解熱消暑氣的晚飯。

還有冬瓜蝦籽湯泡飯，先爆炒蝦籽再煨冬瓜，煮成湯澆在白飯上，是又清甜又爽口的小食。用炒過的四季豆去蒸飯，也是外婆常做的菜飯，再配上一碗空心菜湯，有菜有豆，是很極簡的食物。

阿嬤對四季飲食有一套想法，就是冬令進補，夏季要吃清淡，才可常保平安。冬天常做大魚大肉的阿嬤，夏天出手卻如僧人，吃的東西如今想來以素菜居多，但小時候卻也沒聽她說過夏日吃素有什麼好處，阿嬤只像憑本能的就知道該如何進食，長大後看四季節氣養生書，才看到夏季宜多食瓜，回想當年阿嬤的夏日綠桌上，的確不斷出現各種夏瓜，涼拌黃瓜、黃瓜排骨湯、蝦米炒葫瓜、煨葫瓜、炒葫瓜、薑絲煎冬瓜、冬瓜封、冬瓜蛤蜊湯、苦瓜湯、涼拌苦瓜、苦瓜滷，一桌都是綠色的瓜。

台灣民間有食夏日菜湯之傳統，街頭小攤直到今日賣滷肉飯的、乾麵的，都有配各種菜湯的習慣。夏日菜湯很好做，以綠色蔬菜加薑絲煮成湯，再加三滴麻油提味，但並非所有的綠色蔬菜都適宜做菜湯，選的都是深綠色，煮起來不會有澀味，像空心菜、地瓜葉、蕹菜、莧菜，就比較適合做成夏日菜湯，一碗夏日菜湯，表現自然的綠意盎然，也讓人體生機煥發。

來自江浙地區的父親，夏天喜歡用荷葉蒸排骨、蒸魚，也愛用蓮子煮清湯，冬天總吃大白菜的他，夏天最常吃的是青江菜，青江菜最常拿來做菜飯，想到爸爸夏天的晚飯，浮上記憶的就是青江菜飯配雪菜百頁，青江菜也做成素餃，不沾醬油，只沾鎮江醋吃更清爽。

爸爸愛喝綠豆湯，綠豆不宜多，也不宜煮稠，要煮得清清淡淡的，加上百合一起煮更好，爸爸喜歡用冰塊加水隔碗自然冷卻，說比放冰箱中冷出來的風味較好，果然這麼一碗自然涼的綠豆湯在夏日晚上喝來一生難忘。

除了父親、阿嬤外，小時候打理我們家飲食的管家陶媽媽，在夏天最喜歡煮綠豆粥，配上幾樣小菜，像黃瓜粉條、炒酸豇豆、乾煸四季豆等等，如果味口更淡，光喝綠豆粥加白糖也可以，但飯後的現切綠皮大西瓜是不可少的，早年的西瓜生長自然，西瓜一剖清香撲鼻。

夏日容易口乾體燥，阿嬤常買各種青草來煮青草茶，有配好的複方藥草，也有單一的藥草，大約都有肺英草、仙草、薄荷、左手香等等可清熱解毒的青草。

夏日喝青草涼茶，並非東方人的專利，西洋人也有夏日喝涼茶的習慣，像南歐人夏日喝的各種薄荷茶，也是為了驅熱解毒，還有可口的檸檬汁，讓我熬過了西班牙南部的毒陽。

南歐人的夏日餐桌也充滿綠意，義大利人吃大量的薄荷、綠橄欖、綠筍瓜、芝麻菜，這些食材可混和乳酪做成沙拉吃，也可放在麵皮上烤成比薩吃。

西班牙人夏日喜喝冷湯，紅色的蕃茄冷湯外（裡面加了很多青椒），還有綠色的青瓜冷湯，兩者作用不一，紅色冷湯可補充精力，綠色冷湯則用來散熱去心火，西班牙受過阿拉伯文化的影響，對身體也有東方式的思索。

有一年夏天去希臘的克里特島，才發現當地人夏天吃東西的方式，和我小時候的經驗，竟然有不少相似之處。例如克里特人也吃莧菜，也煮得爛爛稠稠的，只是外婆加麻油，當地人加橄欖油，還有當地人也會在潮間帶採海藻，拌進冷菜中一起吃。

法國普羅旺斯的夏天，餐桌也是綠光閃爍，綠色的筍瓜拌沙拉、各種綠色的野菜沙拉，還有各種夏天茂盛生長的綠色香草，如迷迭香、鼠尾草、羅勒、甜薄荷、百里香等等，用來烤肉或做什錦綜合蔬菜。

如今我在台北家中的大陽台上，也有一個香草花園，種了二十幾種香草，每到黃昏為香草澆水時，香草都會回報芬芳的香味，有時我會向這些香草借一些身家，摘一把羅勒，晚上和蕃茄一起拌成沙拉吃，摘一把迷迭香來烤豬排，摘百里香來做肉丸，摘甜薄荷來泡茶，還好這些香草生命力強，就算借他們的身家，過了一週也都看不出損失了，自然界幫我還了本。

夏天的餐桌，綠意最令人不可抗拒，夏季宜清火，綠色最解熱，夏季喝綠豆湯，冬天喝紅豆湯，一涼一熱，正是大自然的恩賜，夏日綠桌讓生活也清涼起來。

一碗麵胃口

這世界上有兩種胃，不是胃散廣告說的好胃壞胃，而是都會胃與地方胃，前者是五胃（味）雜處，後者是獨沽一胃（味）。

我和爸爸都是嗜麵一族，但爸爸吃來吃去都是煨麵，爸爸本家南通屬揚州府，揚州煨麵是地方名物，爸爸從小吃到青春少年，口味定了型，稍長去上海就再也吃不慣蘇州湯麵，總覺得人家麵沒煮熟沒煮透，但蘇州人可覺得麵煮得爛糊糊不好看，在蘇州人心目中，吃麵他們吃得細巧，吃早湯麵（早上第一鍋沒下過麵的水煮出的麵），就是為了不要吃麵糊味，怎麼會欣賞揚州人的南北合粗中有細的個性，看在蘇州人心中，煨麵未免有點太不江南的細緻婉約了。

爸爸在家中常煮煨麵，可隨他的意煮至入口即化，呼嚕呼嚕喝下肚，奇怪的是，在家常吃煨麵的他，每當我請他出門吃飯，他還是想吃煨麵，但去到了我隨著他去了四十幾年的老店銀翼吃煨麵時，只要店裡稍忙，煮出的麵不夠爛，他就一臉失望狀，有幾次，我心生不忍只好麻煩店家重煮，人家可不知我是所謂的寫美食的人，四十幾年來我在銀翼的身分都是韓先生的女兒，從沒亮過自己的字號。

我從小吃煨麵長大，當然也愛吃煨麵，也知道煨麵要吃夠爛夠糊，要叫香蔥開陽或雪菜肉絲，因為兩者都不怕熬，菜心煨麵怕菜心煮老了，就不敢煨太久。我在家中也會自己拿剩下的火腿雞湯或雪菜大湯煮魚，煨自己的麵，冬天清晨來一碗，真是幸福的早餐。

但我這個長在台北四面八方人士雜處的都會胃，卻不會對煨麵情有獨鍾，我可是吃麵攤子長大的，如今仍懷念冷天寒夜中掛著擋風帳篷的陽春麵攤，賣麵的山東佬娶了個客家婦，陽春麵可加滷蛋也可加客家酸菜。

北投大同街，如今仍有開了至少四十年的老切仔麵店（我其實不知開多久，只能從我開始吃的日子算起），從前賣切仔麵一大早就開灶，我在阿嬤家寄住兩年多期間，常常吃切仔麵當早餐，養成了現在偶爾一大早不想喝咖啡吃可頌麵包時，就會去士東市場二樓吃一碗湯清味濃、用竹篩子煮出的切仔麵，但目鏡兄十點才開灶，害得我只好空肚等麵吃，外子可沒有這種切仔麵早餐情結，他早就在一旁吃完了三明治喝好了咖啡看早報。

外子母親和我最同胃一致的是兩人都愛吃擔擔麵，本家江西的她本不應愛吃辣，但從小在重慶抗日的她，心中人間美食之一的就是沿街挑擔賣的擔擔麵，我的父母都不吃辣，但我從小好吃他家食，常常到鄰居大毛小毛家打尖吃伙，吃出了一個大辣胃，麻辣鍋一定吃重紅，從小吃到大的吳抄手擔擔麵，本來叫的是正常辣，但自從正常辣也不太辣之後，只好改口要多點麻辣。但近幾年多我逢人就抱怨，我吃了也近四十年的吳抄手擔擔麵味道變了，彷彿要向鼎泰豐專賣給日本人吃的不慍不火的擔擔麵看齊似的，請開始會在美食界擔下家業的第二代，趕快把自家擔擔麵恢復本色本味吧！

我的婆婆像我爸爸一樣都獨沽一胃，一位只愛吃煨麵，另一位只愛吃擔擔麵，因為他們童年成長時的胃都是地方胃。我媽媽在台南長大，也是個地方胃，她的麵胃口是意麵，以前西門町有家藏身於巷中的意麵店，媽媽只要帶我們上西門町看電影、聽歌後，一定要去那吃一碗道地的台南意麵；如今我偶爾下午去大稻埕懷舊散步時，常會吃碗阿春意麵再喝杯青草茶，也常會想著去世多年的媽媽。

我的麵胃口如此繁雜，還有說不完的山東酢醬麵胃口、大滷麵胃口、八寶辣醬麵胃口、排骨麵胃口、牛肉麵胃口、福州麵胃口……，在台北長大的我，有好大的麵胃口。

一碗麵胃口，因人而異，但都可簡單填飽肚子和心靈，常常一碗好麵，比山珍海味的宴席更能勾起我的食欲。

愛吃醋

我從小嗜酸，可能來自父親長期的薰陶。父親老家在長江邊上，離善釀醋的鎮江只隔一江；父親說他老家有自己的醋坊，自家釀的私房醋從年頭吃到年尾，有的醋缸長年存放，也放成了不同年份的陳醋。像我常常稀奇義大利巴森米柯二十五年份的黑醋，父親總說他老家這種幾十年的醋一缸一缸的，哪裡知道如今他的女兒會花幾千塊台幣去買一小瓶義大利老醋。

父親來到了台灣，當然沒能帶他的醋缸一起來，還好有個跟他一樣愛吃醋的江浙老鄉，一到了台灣思醋心切，就自己釀起了五印醋。從小我家的食材儲藏室中，就有一箱一箱的五印醋，從來不會斷貨。

父親吃小籠包、餃子，必沾大量的醋；吃雪菜煨麵，也會倒下半湯碗的烏醋，吃燻鯧魚、凍草魚，也一定讓魚泡一下醋來入口，幾乎無醋不歡；我母親就常取笑父親什麼都沾醋，那所有食物的味道不都一樣了嗎？父親卻義正辭嚴地表示醋是提味的秘密，沒有醋，很多滋味都現身不了。

但愛吃醋的父親，卻一點不能忍受酸味，橘子不夠甜，父親絕不吃，檸檬葡萄柚等等有酸味的水果，他都不能忍受，但偏偏可以吃醋，問他為什麼？父親竟然回答，醋一點也不酸，說醋是香的。

我這點比較公正，覺得醋既香又酸，但好醋的酸很醇厚，入口不刺激也不辛烈，因此好酸絕不辛酸，就像好辣不嗆人一般。劣質的醋就會一吃牙齒都酸了，這種醋我和父親都不吃的。

醋味，天生和白胡椒很合；像酸辣湯，烏醋的酸味加上白胡椒的辛味（酸辣湯中是沒有辣椒的，但總不能叫酸辛湯吧？），是天地一絕；熱呼呼地呼嚕呼嚕喝下肚，滋味美妙無限，是中國人對食物的一大貢獻，但我最怕喝到酸辣湯用白醋和黑胡椒，完全不對味，可否請鼎泰豐的酸辣湯改成用白胡椒？

醋味，也適合和甜味配對，江浙人的糖醋排骨、糖醋魚，酸中帶甜，甜中有酸，是味覺的協奏曲；不能吃酸的小孩，往往都是先從糖醋下口逐漸染上嗜醋之癮，糖醋味也往往是西方人親近中菜的入門，廣東人的咕咾肉是江浙糖醋排骨的卡通版。

甜酸老少咸宜，但苦酸、鹹酸、辣酸，則只有深得味覺三味的人才會喜歡，人生滋味越識，才懂得苦、鹹、辣再加上酸的生命之味。

酸味，是幽微之味；不像苦、鹹、辣那麼直接。自古以來，善嫉之人都謂之愛吃醋，說的也是當事人心中上下翻騰的酸楚之味，吃醋是若有若無之味，如果從吃醋變成傷心、憤怒、痛苦之事時，當事人吃的可就是鹹、苦、辣之情味了。

我從小吃醋，十分講究不同省份之菜式配不同之醋，江浙小籠包當然配鎮江烏醋，但廣東蝦餃則只能沾紅醋，台式魚翅肉羹哪裡少得了閩南烏醋；潮州烏魚凍則非沾白醋。吃外國食物，也有得考究，英國人吃炸魚炸薯條時，如果配的不是北方的麥醋，會吃的百般不是滋味；義大利人的生牛肉，沾的醋一定是巴森米柯黑醋；法國人調沙拉，用的必是紅酒醋。

愛吃醋，是口味老熟的象徵，我常觀察不同的友人，如果吃炸薯條，沾的是醋之人，一定是對吃喝十分挑剔者，如果沾的是蕃茄醬，就是比較孩子氣的口味。

台灣近些年來，許多在乎養生之人，紛紛喝起各種水果醋，但我也發現愛喝醋者未必愛吃醋，因為前者是把醋當成藥，在乎身體的健康而非身體的享樂。我，愛吃醋，是喜歡醋喚起我的味蕾細緻複雜的感受。其實，有時，我們對情人吃醋，不也是重新喚起對愛情的感覺，一盤炸老了的春捲（愛人），是需要醋來提味的。

醃篤鮮

乍暖還寒時候，一整天想喝醃篤鮮湯。晚飯時在家燉好了一砂鍋的醃篤鮮，終於心滿意足地喝起滾燙的奶白色肉湯。

一邊喝著湯，一邊看著白瓷碗中漂浮的家鄉醃肉和新鮮豬肉，突然有種領悟，原來醃篤鮮湯像極了忽暖忽寒的早春時分，把帶著冬味的醃肉和新鮮豬肉合在一塊燉湯，就有如冬天和春天的季節交替，醃肉讓湯頭有一股濃意，新鮮豬肉卻讓湯頭鮮活，兩者一配，就有了一種半濃半淡、半老半新、半醃半鮮的滋味。

敏感的人，在季節變化之時，最容易無端生感慨，敏感的食家，對有著複雜變化滋味的食物，也最容易心動。喝完一碗好湯的我，閒來無事，上了客廳的搖椅，半坐半躺之間，就隨想起這一生中到底吃過那些有著半意情趣的食物。

小時候，家裡飯桌上常吃的老鹹菜鮮黃魚湯，醃雪裡紅炒新鮮蝦仁，爸爸說有陳味才能吊鮮味，長大了才明白此道理有如中年人平常不知自己老，但見了青春少年才知自己的人生已經過了大半。

從前沒拆的士林夜市，有一老士官起了頭賣的大餅包小餅，是我在中山女中下了學後在士林換公車時常買來吃的零食，如今想起來，原來吃的也是對立卻相融的滋味，小餅是炸得老老的、厚厚的又擺放了一陣子的油酥餅，大餅卻是剛出爐的、薄薄的、一點都不油的麵皮，兩者一捲一包，吃來有新鮮的麵香又有沉穩的油酥味。

日本人吃鰹魚，喜吃一半過了火，一半還夾生的，這種半熟半生的趣味，和越南人吃的雙味牛肉河粉，一半熟牛肉、一半生牛肉的道理是互通的，都在品嚐一樣食材兩樣情，這和有的中年男人既喜歡有風韻的中年女人，又喜歡還尚青的少女一樣。

義大利有一道有名的前菜，一向是我的摯愛，這道菜也是玩弄生與熟、新與舊變化的高手，但做來卻十分簡單，不過是新鮮的生牛肉片上擺著陳年的帕瑪森起司薄片，再灑上當季或當年的清純橄欖油以及陳年的巴森米可黑醋，這道前菜是味覺的雙協奏曲，新鮮的牛肉及橄欖油，有如清脆的鋼琴激盪人心，陳年的起司和黑醋卻如幽微的小提琴吊人魂魄。

有一年夏天，住在妹妹良憶的鹿特丹家中，晚飯後坐在露台上看半明半暗的黃昏晚霞，妹妹端來了飯後的水果，是把新鮮的草莓浸入糖汁後灑上二十年的巴森米柯老醋，我吃著又甜又酸的草莓，心裡也是半甜半酸，想著我和妹妹都忽地人入中年了，中年心情，總是擺盪在半醒半夢、半清半濁、半苦半樂之間。

近年常炒一味苦瓜鹹蛋，清嫩微苦的瓜攪拌著老鹹的碎蛋，十分開胃下飯，只可惜中年不宜多米飯，平日最好不要全飽，要飽半分即可。這話說來容易，做來卻苦。

中年了，人生況味雖未全懂，也算懂了個半分情了，常常回首前塵、遙想日後，胸中滋味幽微複雜，就如同這天晚上一碗醃篤鮮湯，就惹來這許多的一知半解。

學做菜

我從小看阿嬤、爸爸做菜，卻從未看過他們看食譜，他們是怎麼學會做這麼多菜的？我十七歲，家裡搬去東門町後開始做大菜，最初是想多賺些零用錢（雖然我討零用錢父母從不吝給，但自己賺更有成就感），當時父母偶爾會在家打親友間的衛生麻將，十幾圈下來，總是要吃飯，爸爸在牌桌上沒法做菜（陶媽媽也不在家裡幫忙了），常會叫永康街上的外燴，我就提議爸爸給菜錢，我負責去東門市場採買，做菜給大家吃，沒想到爸爸一聽就說好，他怎麼不怕我砸了鍋？沒想到第一次上陣就贏得滿堂喝采（或許是鼓勵多於獎勵吧！），總之，我發現我竟然會做爸爸平常做的菜，但我也沒食譜，靠的就是記憶中的味道和形狀（如肉、蔬菜怎麼切，顏色該如何、擺盤什麼樣等等）。

後來我也試著做阿嬤做過的菜給媽媽及朋友吃，但從沒考慮做給爸爸吃，免得被吃不懂台菜的他說難吃。我也回想起小時候常和阿嬤去各地吃小吃，回家後阿嬤總能做出跟小攤小店中相似的食物，如紅燒鰻、炒鱔魚意麵、酥炸排骨蘿蔔湯等等，形制和味道都很相似，爸爸也是，會做江浙菜的他，可能是從小跟家中長輩學的，但他會做起司烤魚、煙燻鯧魚、羅宋湯等大概就是從餐館吃過後模倣而學會的。

我至今仍相信味道心領神會手做是學烹飪最好的方式，食譜反而會綁手綁腳扼殺直覺，我靠模倣學會了不少爸爸、阿嬤的拿手菜，記得我第一次全憑記憶做出了阿嬤的魯麵時，直覺得當時已不在人間的阿嬤好像隱約在我身旁。

模倣多了，就能舉一反三，後來我會試做大部份我吃過喜歡的食物，從印尼菜、泰國菜、印度菜、土耳其菜、義大利菜、法國菜，其中法國菜較難，因為有某些技藝光靠模倣不容易學會，因此我會看做法國菜的技術食譜（有的還需要特殊工具）。我對做菜有好奇心，但知道自己不能像爸爸和阿嬤一樣做個好家廚，雖然他們會做的菜的類型不廣，爸爸就是江浙和上海式的，阿嬤則是台菜和台式日本料理，但他們都肯天天做，他們都比我更愛做菜給他人吃，這也是一種無私的付出，我做菜較像表演，人多興緻就高，我做過幾十次請三、四十人的大宴會，但天天在家做卻會沒耐性，近來常常自我反省，覺得要把做菜當成小日子過才有誠意，聽到我這樣反省的外子笑說：他後半輩子的口福就要看我的反省，能維持多久了。

爸爸的慢食

爸爸活到了八十九歲，是天生基因好呢？或是飲食得當？我以前從不覺得父親是懂養生之人，因為從未從他嘴裡聽到任何養生經，他也從不會像某些重視健康的人，會說某某食物有什麼營養，吃了有什麼作用云云，父親似乎只吃他愛吃的東西，最多只說那些食物好吃。父親又從不忌口，皮膚容易過敏的他，芒果季來也會吃讓他發癢的芒果，一面吃一面搔癢，我叫他別吃了，他則說一年也不過吃上幾回，癢一下有什麼關係。

後來我慢慢發現爸爸有一套本能的飲食之道，也許是符合養生之道的，只是他自己不知道。爸爸向來是吃原形食物的遵行者（但非信仰者，因為他根本沒原形食物的概念），例如他愛吃南瓜、栗子、百合、地瓜、芋頭等等，卻不吃南瓜派、栗子蛋糕、地瓜餅、芋頭酥，他像農民般（大概是他童年時在鄉下養成的飲食習慣）只把食物蒸來吃、煮來吃、炒來吃。

父親也不喝任何果汁，他只吃水果，給他一片西瓜和一杯西瓜汁，他一定選西瓜。他也不喝各種飲料，只喝自己泡的茶（我從沒見過他喝超商賣的茶飲），他會吃蔥油餅、烘餅、烙餅，但不會吃餅乾，他也從不吞維他命丸，更不吃健康保健食品，別人吞蜆精、蒜精、銀杏精，他則是吃蜆、大蒜、銀杏。

父親基本上是不吃食品的，他吃的是食物，但他卻沒有理論，也不會說食品如何不自然，他該是從小就覺得食物比較好吃，他喜歡烹飪，也是為了把各種他喜歡的食物做得更好吃。

回想父親一生，基本上不管在家或上館子，他其實都在吃菜和飯和饅頭、鍋貼等等，但吃這些菜餚時，他不忌口，從不說炸春捲、煎鍋貼太油，也不怕肥肉，八十多歲時仍嗜吃大蹄膀和肉骨頭，還用這些帶肥油的肉湯煨他最愛的爛糊煨麵，我一生沒聽過他說什麼肉太肥，但父親最後走於心臟衰竭，我有時想如果他真的忌肥少膩，是不是可以活到一百歲呢？但他的人生會少掉許多的飲食之樂，我覺得爸爸寧願早走十年吧！

綜觀爸爸的飲食之道，也許能歸納出一些他聽了可能會笑的健康指南，例如他都遵照時令吃東西，夏天的餐桌上有冬瓜，冬天的餐桌上有南瓜，小芋頭一上市，他就興沖沖地買回家做蔥油芋乃，冬天市場賣藕根，他就會在廚房裡做炸蓮藕盒，他歡歡喜喜地等待不同食物在不同的時令季節出現，他只在傳統市場買菜，從不去超市買溫室蔬果。

爸爸不吃某些食物，原因也是全然和口味有關，例如他不吃洋雞，說有怪味，而不是說洋雞被施打生長激素，他不吃太瘦的肉，會說不好吃，而非說他耽心有瘦肉精，他不喝可口可樂、汽水、薯條，只因為他不愛吃，而非不吃垃圾食品。

爸爸對食物的反應是純然情感的，而非理智或信念，我一直在提倡慢食哲學，但我發現爸爸才是真正慢食的實踐者。

愛的聚寶盆

我在倫敦居住時，父母來看我，有一日我帶他們去劍橋玩，在劍橋的農人市集上，爸爸看到有人在賣老式的吹製手工糖，爸爸一看大驚，說怎麼和他小時候在蘇北鄉下吃過的糖一模一樣，他已經幾十年沒吃過此糖了。爸爸立即試吃了一口，說味道也一樣，我問爸爸知不知道這糖是用什麼做的。爸爸說是甜菜，我問了擺攤的農人，果然也是用甜菜做的，爸爸立即說要買十公斤帶回台北，怎麼可能，在我好說歹說下，爸爸退讓還是買了五公斤，平常不太吃精製糖的爸爸，怎麼對這種童年的粗糖如此狂熱，我也不知後來真的帶了五公斤甜菜糖回台北的他，真的一個人把所有的糖都吃掉了嗎？

陪爸爸媽媽在外國旅行，尤其是在歐美，會有種帶老小孩玩的感覺，爸爸媽媽都對食物很有玩心，和我一樣愛逛市集和超市，爸爸喜歡買各種他沒吃過的水果，媽媽則喜歡買餅乾和巧克力。媽媽喜歡一種巧克力禮盒，裡面有十瓶不同的巧克力酒瓶，外邊是巧克力，裡頭則是不同的酒，如愛爾蘭威士忌、蘭姆酒、貝里斯奶酒、檸檬酒、白蘭地等等。媽媽也會買很多不同的餅乾，起司餅乾、奶油餅乾、巧克力餅乾等等，

當時我還未意識到媽媽太愛吃零食了，有時會把零食當正餐吃（其實我正是父母的綜合體，偶爾我也會像媽媽一樣愛吃各種零食），像我會自稱是手工老式非基因改良馬鈴薯炸薯片的品味達人，外子卻笑我找藉口，炸薯片不管多考究，都是零食。

爸媽在超市買東西，都會說便宜，我都笑了，說很少台灣老人家會覺得英國物價便宜，但我知道一直喜歡買舶來食品的爸媽，到了外國，當然會覺得比台灣便宜啊！

我很享受陪父母吃喝採買、幫他們付錢的情境，因為會讓我想起童年，他們也是對我慷慨有加，小時候家裡食品間有不少巧克力、餅乾、水果，早期我以為都是爸爸喜歡的，後來才知道，餅乾、巧克力是他買給媽媽和我們小孩的，水果則是買給他自己和我們全家。那個食品間，是爸爸愛的聚寶盆，永遠不會空。

我喜歡帶爸爸媽媽嘗試新奇的食物，因為從小他們也帶我經驗各種新鮮的飲食，爸爸對西式餐飲比較開放（也許是年輕時在上海養成的習慣），爸爸喜歡英式傳統烤牛肉，媽媽喜歡倫敦的各種甜食糕點（如夏日水果布丁），我們每天在倫敦街頭閒逛，吃東吃西，不時坐下來喝咖啡吃英式下午茶，那一個月，是我記憶中閃閃發光的日子。

後來我也曾帶爸媽去新加坡、去美國、去中國，但我多希望我能帶他們去更多地方旅行，品嚐世界各地的食物，但人生匆匆，一不小心時光之輪就迅速地把人們拋在腦後，為人子女的我雖做的不少了，但我卻希望自己可以做的更多。畢竟父母給我的愛的聚寶盆絕對比我給的更滿更豐盛。

後記

在兩個月的歐洲旅途中整理《良露家之味》的文稿，本想隔著空間的距離去回顧時間的往事，沒想到更親密地感慨起往日舊味，父母俱逝的這些年，只偶爾幾次在夢中與他們重逢，這回在異鄉異地，他們卻經常入夢，醒來的我在惆悵中又覺得歡欣，覺得人生既似夢，那麼夢也可當成人生，夢中能有短暫片刻彷彿父母俱在也令人慰藉。

雖然也曾帶父母在英國、美國、中國、東南亞旅行，但一直遺憾未曾帶他們去我最常旅行的法國和義大利，不是沒有這個心願，但生活匆匆過，總有雜事耽誤，母親離開的太早，十年前帶八十歲的父親回江蘇老家後，父親就衰老得不便遠遊，於是心願就完成不了了。過去十年，我盡量不像早年般每年出國兩三個月，我牢記著父老不遠遊，每次出國總盡量兩三週趕快返家，但我多希望在三、四十初父母俱在時多帶他們遠遊四方。

為什麼特別想帶著父母旅行法國和義大利呢？主要是為了食物，爸爸媽媽都是愛吃西式食物的人，小時候我過生日時，爸爸總會準備很豐盛的西餐請我的小朋友們來慶祝我的生日，爸爸的西餐大概是早年他在上海自學的，但不少菜式卻挺歐式經典，像這回我堅持要在巴黎的Select咖啡店叫老式的美乃滋蛋，果然端上的白煮蛋上有螺旋狀的美乃滋，蛋下是豌豆紅蘿蔔馬鈴薯泥沙拉，完全是爸爸小時候曾經為我做過的蛋，我看著蛋都快掉淚了，真希望曾經帶爸爸來巴黎吃美乃滋蛋。

我每回到巴黎，一定會吃的綜合海鮮盤，也是嗜吃海鮮的媽媽愛吃的，我曾帶著媽媽在倫敦的法國餐廳吃過海鮮盤，當時就想著哪一天要讓她吃到更正宗的，雖然人生有許多的缺憾只能還諸天地，但我總以為請媽媽吃巴黎海鮮盤這種願望我該把握住。（後來我曾請了到巴黎旅行的二舅和二舅媽吃海鮮盤）。

我一直喜歡讓我喜歡的人吃到我喜歡吃的東西，因此我常常買東西請朋友吃，我常想自己的這種個性一定源自童年，我的童年往事中充滿了各種美味的記憶，一定是爸爸媽媽把他們喜歡吃的東西給他們喜歡的我吃，但我能反哺的美味比起他們提供給我的何其少啊！

寫這本《良露家之味》，就是想在精神上反哺父親、母親、阿嬤等等，用文字紀念他們曾經帶給我的許多生命的美好與感動，我是有福氣的人，因為我的口福讓我幸福。謝謝我的父母、阿嬤，也希望讀者能因這本書回想自己人生的幸福之味，更希望閱讀這本書能帶給讀者珍惜人生之味。

圖片索引

少少−原始感覺研究室提供p191 邱勝旺攝影p162 吳繼文攝影p46, p147, p166 秋惠文庫提供p39, p42, p107, p126, p139, 155（上圖）翁翁攝影p63, p135 梁旅珠提供p187, p211 陳沛元攝影p50, p67, p75, p89, p118, p142, p159 黃子明攝影P155（下圖）p195 路寒袖攝影p174, p203 楊燁提供p27, p95, p99, p105 劉伯樂繪圖p22, p90, p150 鐘永和攝影p131 Shutterstock p55, p86, p178, p182

國家圖書館出版品預行編目（CIP）資料

良露家之味 / 韓良露著. -- 初版. -- 臺北市 : 大塊文化，2014.11　面； 公分. --（Mark ; 105） ISBN 978-986-213-562-4（平裝） 855 103020273